LA FEMME

AU COLLIER

DE VELOURS

PAR

ALEXANDRE DUMAS.

1

PARIS
ALEXANDRE CADOT, ÉDITEUR
52, RUE DE LA HARPE

1850

LA FEMME AU COLLIER DE VELOURS.

Ouvrage d'Alexandre Dumas.

LA COMTESSE DE SALISBURY.

6 volumes in-8.

On vend séparément les derniers volumes pour compléter la première édition.

Impr. de E. Dépée, à Sceaux (Seine).

LA FEMME

AU COLLIER

DE VELOURS

PAR

ALEXANDRE DUMAS.

1

PARIS
ALEXANDRE CADOT, ÉDITEUR,
32, RUE DE LA HARPE.
—
1850

I

L'Arsenal.

Le 4 décembre 1846, mon bâtiment
étant à l'ancre depuis la veille dans la
baie de Tunis, je me réveillai vers cinq
heures du matin avec une de ces impres-
sions de profonde mélancolie qui font,
pour tout un jour, l'œil humide et la poitrine gonflée.

Cette impression venait d'un rêve.

Je sautai en bas de mon cadre, je passai un pantalon à pieds, je montai sur le pont et je regardai en face et autour de moi.

J'espérais que le merveilleux paysage qui se déroulait sous mes yeux allait distraire mon esprit de cette préoccupation, d'autant plus obstinée, qu'elle avait une cause moins réelle.

J'avais devant moi, à une portée de fusil, la jetée qui s'étendait du fort de la Goulette au fort de l'Arsenal, laissant un étroit passage aux bâtiments qui veulent

pénétrer du golfe dans le lac. Ce lac aux
eaux bleues, comme l'azur du ciel qu'elles réfléchissaient, était tout agité, dans
certains endroits, par les battements
d'ailes d'une troupe de cygnes, tandis
que, sur des pieux plantés de distance
en distance pour indiquer des bas-fonds,
se tenait immobile, pareil à ces oiseaux
qu'on sculpte sur les sépulcres, un cor-
moran qui, tout à coup, se laissait tomber comme une pierre, plongeait pour
attraper sa proie, revenait à la surface de
l'eau avec un poisson au travers du bec,
avalait ce poisson, remontait sur son
pieu, et reprenait sa taciturne immobi-
lité jusqu'à ce qu'un nouveau poisson,

passant à sa portée, sollicitât son appétit,
et l'emportant sur sa paresse, le fit dis-
paraître de nouveau, pour reparaître
encore.

Et pendant ce temps, de cinq minutes
en cinq minutes, l'air était rayé par une
file de flamands dont les ailes de pour-
pre se détachaient sur le blanc mat de
leur plumage, et, formant un dessin
carré, semblaient un jeu de cartes composé d'as de carreaux seulement, et vo-
lant sur une seule ligne.

A l'horizon était Tunis, c'est-à-dire un
amas de maisons carrées, sans fenêtres,
sans ouvertures, montant en amphithéâ-

tre, blanches comme de la craie, et se détachant sur le ciel avec une netteté singulière. A gauche s'élevaient, comme une immense muraille à créneaux, les montagnes de Plomb, dont le nom indique la teinte sombre ; à leur pied rampaient le marabout et le village des Sidi-Fathallah ; à droite, on distinguait le tombeau de saint Louis, et la place où fut Carthage, deux des plus grands souvenirs qu'il y ait dans l'histoire du monde. Derrière nous se balançait à l'ancre le *Montézuma*, magnifique frégate à vapeur de la force de quatre cent cinquante chevaux.

Certes, il y avait bien là de quoi distraire l'imagination la plus préoccupée. A la vue de toutes ces richesses, on eût oublié et la veille, et le jour et le lendemain. Mais mon esprit était, à dix ans de là, fixé obstinément sur une seule pensée qu'un rêve avait cloué dans mon cerveau.

Mon œil devint fixe. Tout ce splendide panorama s'effaça peu à peu dans la vaguité de mon regard. Bientôt je ne vis plus rien de ce qui existait. La réalité disparut; puis, au milieu de ce vide nuageux, comme sous la baguette d'une fée, se dessina un salon aux lambris blancs,

dans l'enfoncement duquel, assise devant un piano où ses doigts erraient né-
gligemment, se tenait une femme inspi-
rée et pensive à la fois, une muse, et une
sainte. Je reconnus cette femme, et je
murmurai comme si elle eût pu m'entendre :

— Je vous salue, Marie, pleine de
grâces, mon esprit est avec vous.

Puis, n'essayant plus de résister à cet
ange aux ailes blanches qui me rame-
nait aux jours de ma jeunesse, et,
comme une vision charmante, me montrait cette chaste figure de jeune fille, de
jeune femme et de mère, je me laissai

emporter au courant de ce fleuve qu'on appelle la mémoire, et qui remonte le passé au lieu de descendre vers l'avenir.

Alors je fus pris de ce sentiment si égoïste, et par conséquent si naturel à l'homme, qui le pousse à ne point garder sa pensée à lui seul, de doubler l'étendue de ses sensations en les communiquant, et de verser enfin dans une autre âme la liqueur douce ou amère qui remplit son âme.

Je pris une plume et j'écrivis :

« A bord du *Véloce*, en vue de Carthage et de
Tunis, le 4 décembre 1846.

« Madame,

« En ouvrant une lettre datée de Carthage et de Tunis, vous vous demande-
rez qui peut vous écrire d'un pareil endroit, et vous espérerez recevoir un autographe de Régulus ou de Louis IX. Hélas! Madame, celui qui met de si loin
son humble souvenir à vos pieds, n'est
ni un héros, ni un saint, et s'il a jamais
eu quelque ressemblance avec l'évêque
d'Hippone, dont il y a trois jours il visi-
tait le tombeau, ce n'est qu'à la première
partie de la vie de ce grand homme

que cette ressemblance peut être appli-
cable. Il est vrai que, comme lui, il peut
racheter cette première partie de la vie
par la seconde. Mais il est déjà bien tard
pour faire pénitence, et, selon toute probabilité, il mourra comme il a vécu, n'o-
sant pas même laisser après lui ses con-
fessions, qui, à la rigueur, peuvent se
laisser raconter, mais qui ne peuvent
guère se lire.

« Vous avez déjà couru à la signature,
n'est-ce pas, Madame, et vous savez à
qui vous avez affaire ; de sorte que
maintenant vous vous demandez comment, entre ce magnifique lac qui est le

tombeau d'une ville, et le pauvre monu-
ment qui est le sépulcre d'un roi, l'auteur des *Mousquetaires* et de *Monte-Cristo*
a songé à vous écrire, à vous justement
quand, à Paris, à votre porte, il demeure
quelquefois un an tout entier sans aller
vous voir.

« D'abord, Madame, Paris est Paris,
c'est-à-dire une espèce de tourbillon où
l'on perd la mémoire de toutes choses,
au milieu du bruit que fait le monde en
courant et la terre en tournant. A Paris,
voyez-vous, je fais comme le monde et
comme la terre ; je cours et je tourne,
sans compter que, lorsque je ne tourne

ni ne cours, j'écris. Mais alors, Madame,
c'est autre chose, et quand j'écris, je ne
suis plus déjà si séparé de vous que vous
le pensez, car vous êtes une de ces rares
personnes pour lesquelles j'écris, et il
est bien extraordinaire que je ne me dise
pas, lorsque j'achève un chapitre dont
je suis content, ou un livre qui est bien
venu : — Marie Nodier, cet esprit rare
et charmant, lira cela, — et je suis fier,
Madame, car j'espère qu'après que vous
aurez lu ce que je viens d'écrire, je gran-
dirai peut-être encore de quelques lignes
dans votre pensée.

« Tant il y a, Madame, pour en reve-

nir à ma pensée, que, cette nuit, j'ai
rêvé, je n'ose pas dire à vous, mais de
vous, oubliant la houle qui balançait un
gigantesque bâtiment à vapeur que le
gouvernement me prête, et sur lequel je
donne l'hospitalité à un de vos amis et à
un de vos admirateurs, à Boulanger, et à
mon fils, sans compter Giraud, Maquet,
Chancel et Desbarolles qui se rangent
au nombre de vos connaissances, tant il
y a, disais-je, que je me suis endormi
sans songer à rien, et comme je suis
presque dans le pays des Mille-et-Une-
Nuits, un génie m'a visité et m'a fait
entrer dans un rêve dont vous avez été la
reine.

« Le lieu où il m'a conduit, ou plutôt
ramené, Madame, était bien mieux qu'un
palais, était bien mieux qu'un royaume ;
c'était cette bonne et excellente maison
de l'Arsenal, au temps de sa joie et de
son bonheur, quand notre bien-aimé·
Charles en faisait les honneurs avec
toute la franchise de l'hospitalité an-
tique, et notre bien respectée Marie, avec
toute la grâce de l'hospitalité moderne.

« Ah ! croyez bien, Madame, qu'en
écrivant ces lignes, je viens de laisser
échapper un bon gros soupir. Ce temps
a été un heureux temps pour moi. Votre
esprit charmant en donnait à tout le
monde, et quelquefois, j'ose le dire, a

moi plus qu'à tout autre. Vous voyez
que c'est un sentiment égoïste qui me
rapproche de vous. J'empruntais quelque chose à votre adorable gaîté, comme
le caillou du poète Saadi empruntait une
part du parfum de la rose.

« Vous rappelez-vous le costume d'ar-
cher de Paul ? vous rappelez-vous les
souliers jaunes de Francisque Michel ?
vous rappelez-vous mon fils en débar-
deur ? vous rappelez-vous cet enfoncement où était le piano et où vous chan-
tiez *Lazzara*, cette merveilleuse mélodie
que vous m'avez promise, et que, soit dit

saus reproches, vous ne m'avez jamais donnée ?

« Oh ! puisque je fais appel à vos souvenirs, allons plus loin encore : vous rappelez-vous Fontaney et Alfred Johannot, ces deux figures voilées qui restaient toujours tristes au milieu de nos rires, car il y a dans les hommes qui doivent mourir jeunes un vague pressentiment du tombeau ? Vous rappelez-vous Taylor, assis dans un coin, immobile, muet et rêvant dans quel voyage nouveau il pourra enrichir la France d'un tableau espagnol, d'un bas-relief grec ou d'un obélisque égyptien ? Vous rappe-

lez-vous de Vigny, qui, à cette époque,
doutait peut-être de sa transfiguration et
daignait encore se mêler à la foule des
hommes? Vous rappelez-vous Lamartine
debout devant la cheminée, et laissant
rouler jusqu'à nos pieds l'harmonie de
ses béaux vers; vous rappelez-vous Hugo
le regardant et l'écoutant comme Etéocle
devait regarder et écouter Polynice, seul
parmi nous avec le sourire de l'égalité
sur les lèvres; tandis que madame Hugo,
jouant avec ses beaux cheveux, se tenait
à demi-couchée sur le canapé, comme
fatiguée de la part de gloire qu'elle
porte?

« Puis, au milieu de tout cela, votre

mère, si simple, si bonne, si douce;
votre tante, madame de Tercy, si spirituelle et si bienveillante; Dauzats, si fantasque, si hableur, si verveux; Barye, si
isolé au milieu du bruit, que sa pensée
semble toujours envoyée par son corps
à la recherche d'une des sept merveilles
du monde; Boulanger, aujourd'hui si
mélancolique, demain si joyeux, toujours si grand peintre, toujours si grand
poète, toujours si bon ami dans sa gaîté
comme dans sa tristesse; puis enfin cette
petite fille se glissant entre les poètes,
les peintres, les musiciens, les grands
hommes, les gens d'esprit et les savants.
Cette petite fille que je prenais dans le

creux de ma main et que je vous offrais comme une statuette de Barre ou de Pradier? Oh! mon Dieu! mon Dieu! qu'est devenu tout cela, Madame?

« Le Seigneur a soufflé sur la clé de voûte, et l'édifice magique s'est écroulé, et ceux qui le peuplaient se sont enfuis, et tout est désert à cette même place où tout était vivant, épanoui, florissant.

« Fontaney et Alfred Johannot sont morts, Taylor a renoncé aux voyages, de Vigny s'est fait invisible, Lamartine est député, Hugo pair de France, et Boulanger, mon fils et moi, sommes à Carthage, d'où je vous vois, Madame, en poussant

ce bon gros soupir dont je vous parlais
tout à l'heure, et qui, malgré le vent qui
emporte comme un nuage la fumée
mourante de notre bâtiment, ne rattra-
pera jamais ces chers souvenirs que le
temps aux ailes sombres entraîne silencieusement dans la brume grisâtre du
passé.

« O printemps, jeunesse de l'année!
ô jeunesse, printemps de la vie!

« Eh bien, voilà le monde évanoui
qu'un rêve m'a rendu, cette nuit, aussi
brillant, aussi visible, mais en même
emps, hélas! aussi impalpable que ces
atômes qui dansent au milieu d'un rayon

de soleil, infiltré dans une chambre
sombre par l'ouverture d'un contrevent
entrebâillé.

« Et maintenant, Madame, vous ne
vous étonnez plus de cette lettre, n'est-
ce pas? Le présent chavirerait sans cesse
s'il n'était maintenu en équilibre par le
poids de l'espérance et le contrepoids
des souvenirs, et malheureusement ou
heureusement peut-être, je suis de ceux
chez lesquels les souvenirs l'emportent
sur les espérances.

« Maintenant parlons d'autre chose ;
car il est permis d'être triste, mais à la
condition qu'on n'embrunira pas les au-

tres de sa tristesse. Que fait mon ami
Boniface ? - Ah ! j'ai, il y a huit ou dix
jours, visité une ville qui lui vaudra bien
des pensums, quand il trouvera son nom
dans le livre de ce méchant usurier
qu'on nomme Salluste. Cette ville, c'est
Constantine, la vieille Cyrta, merveille
bâtie au haut d'un rocher, sans doute
par une race d'animaux fantastiques
ayant des ailes d'aigles et des mains
d'hommes, comme Hérodote et Levail-
lant, ces deux grands voyageurs, en
ont vu.

« Puis, nous avons passé un peu à
Utique et beaucoup à Byzerte. Giraud a

fait dans cette dernière ville le portrait
d'un notaire turque, et Boulanger de
son maître-clerc. Je vous les envoie,
Madame, afin que vous puissiez les comparer aux notaires et aux maîtres-clercs
de Paris. Je doute que l'avantage reste à
ces derniers.

« Moi, j'y suis tombé à l'eau en chas-
sant les flamands et les cygnes, accident
qui, dans la Seine, gelée probablement
à cette heure, aurait pu avoir des suites
fâcheuses, mais qui, dans le lac de Ca-
ton, n'a eu d'autre inconvénient que de
me faire prendre un bain, tout habillé,
et cela au grand étonnement d'Alexan-

dre, de Giraud et du gouverneur de la
ville, qui, du haut d'une terrasse, sui-
vaient notre barque des yeux, et qui ne
pouvaient comprendre un évènement
qu'ils attribuaient à un acte de ma fantaisie, et qui n'était que la perte de mon
centre de gravité.

« Je m'en suis tiré comme les cormo-
rans dont je vous parlais tout à l'heure,
Madame, comme eux j'ai disparu, comme
eux je suis revenu sur l'eau ; seulement,
je n'avais pas, comme eux, un poisson
dans le bec.

« Cinq minutes après je n'y pensais
plus, et j'étais sec comme M. Valéry, tant

le soleil a mis de complaisance à me ca-
resser.

« Oh! je voudrais , partout où vous
êtes , Madame , conduire un rayon de ce
beau soleil, ne fût-ce que pour faire
éclore sur votre fenêtre une touffe de
myosotis.

« Adieu , Madame , pardonnez-moi
cette longue lettre; je ne suis pas coutu-
mier de la chose, et, comme l'enfant qui
se défendait d'avoir fait le monde , je
vous promets que je ne le ferai plus ;
mais aussi pourquoi le concierge du
ciel a-t-il laissé ouverte cette porte d'i-

voire par laquelle sortent les songes dorés ?

« Veuillez agréer, Madame, l'hommage de mes sentiments les plus respectueux.

« ALEXANDRE DUMAS.

« Je serre bien cordialement la main de Jules. »

Maintenant, à quel propos cette lettre tout intime ? C'est que, pour raconter à mes lecteurs l'histoire de la femme au collier de velours, il me fallait leur ouvrir les portes de l'Arsenal : c'est-à-dire de la demeure de Charles Nodier.

Et maintenant que cette porte m'est
ouverte par la main de sa fille, et que
par conséquent nous sommes sûrs d'ê-
tre les bienvenus : « qui m'aime me
suive. »

II

L'Arsenal (SUITE).

A l'extrémité de Paris, faisant suite au quai des Célestins, adossé à la rue Morland, et dominant la rivière, s'élève un grand bâtiment sombre et triste d'aspect nommé l'Arsenal.

Une partie de terrain sur lequel s'é-

tend cette lourde bâtisse, s'appelait
avant le creusement des fossés de la
ville, le Champ-au-Plâtre. Paris, un jour
qu'il se préparait à la guerre, acheta le
champ et fit construire des granges pour
y placer son artillerie. Vers 1535, Fran-
çois Iᵉʳ s'aperçut qu'il manquait de canons et eut l'idée d'en faire fondre. Il
emprunta donc une de ces granges à sa
bonne ville, avec promesse bien entendu, de la rendre dès que la fonte serait
achevée; puis, sous prétexte d'accélérer
le travail, il en emprunta une seconde,
puis une troisième, toujours avec la même promesse; puis en vertu du proverbe
qui dit que ce qui est bon à prendre

est bon à garder, il garda sans façon
les trois granges empruntées.

Vingt ans après, le feu prit à une ving-
taine de milliers de poudre qui s'y
trouvaient enfermés. L'explosion fut terrible : Paris trembla comme tremble Ca-
tane les jours où Encelade se remue. Des
pierres furent lancées jusqu'au bout du
faubourg Saint-Marceau ; les roulements
de ce terrible tonnerre allèrent ébranler
Melun. Les maisons du voisinage oscil-
lèrent un instant, comme si elles étaient
ivres, puis s'affaissèrent sur elles-mê-
mes. Les poissons périrent dans la rivière, tués par cette commotion inat-

tendue; enfin, trente personnes, enlevées par l'ouragan de flammes, retombèrent en lambeaux : cent cinquante furent blessés. D'ou venait ce sinistre ? Quelle était la cause de ce malheur? On l'ignora toujours; et, en vertu de cette ignorance, on l'attribua aux protestants.

Charles IX fit reconstruire, sur un plus vaste plan, les bâtiments détruits. C'était un bâtisseur que Charles IX : il faisait sculpter le Louvre, tailler la fontaine des Innocents par Jean Goujon, qui y fut tué, comme chacun sait, par une balle perdue. Il eût certainement

mis fin à tout, le grand artiste et le
grand poète, si Dieu, qui avait certains
comptes à lui demander à propos du
24 août 1572, ne l'eût rappelé.

Ses successeurs reprirent les cons-
tructions où il les avait laissées, et
les continuèrent. Henri III fit sculpter,
en 1584, la porte qui fait face au quai des
Célestins; elle était accompagnée de
colonnes en forme de canons, et sur la
table de marbre qui la surmontait, on
lisait ce distique de Nicolas Bourbon,
que Santeuil demandait à acheter au
prix de la potence.

Œtna hæc Henrico vulcania tela ministrat

Tela giganteos debellatura furores.

Ce qui veut dire en français :

« L'Etna prépare ici les traits avec lesquels Henri doit foudroyer la fureur des géants. »

Et, en effet, après avoir foudroyé les géants de la Ligue, Henri planta ce beau jardin qu'on y voit sur les cartes du temps de Louis XIII, tandis que Sully y établissait son ministère et faisait peindre et dorer les beaux salons qui font encore aujourd'hui la bibliothèque de l'Arsenal.

En 1825, Charles Nodier fut appelé à la
direction de cette Bibliothèque, et quitta
la rue de Choiseul où il demeurait, pour
s'établir dans son nouveau logement.

C'était un homme adorable que Nodier, sans un vice, mais plein de défauts, de ces défauts charmants qui font
l'originalité de l'homme de génie, prodi-
gue, insouciant flâneur, flâneur comme
Figaro était paresseux! avec délices.

Nodier savait à peu près tout ce qu'il
était donné à l'homme de savoir; d'ailleurs, Nodier avait le privilège de l'homme
de génie : quand il ne savait pas il inventait, et ce qu'il inventait, était bien autre-

ment ingénieux, bien autrement coloré,
bien autrement probable que la réalité.

D'ailleurs plein de systèmes, para-
doxal avec enthousiasme, mais pas le
moins du monde propagandiste; c'était
pour lui-même que Nodier était para-
doxal, c'était pour lui seul que Nodier
se faisait des systèmes; ses systèmes
adoptés, ses paradoxes reconnus, il en
eut changé, et s'en fût immédiatement
fait d'autres.

Nodier était l'homme de Térence, à
qui rien d'humain n'est étranger. Il aimait pour le bonheur d'aimer; il aimait
comme le soleil luit, comme l'eau mur-

mure, comme la fleur parfume : tout ce
qui était bon, tout ce qui était beau, tout
ce qui était grand lui était sympathique;
dans le mauvais même, il cherchait ce
qu'il y avait de bon, comme, dans la
plante vénéneuse, le chimiste, du sein du
poison même tire un remède salutaire.

Combien de fois Nodier avait-il ai-
mé? c'est ce qu'il lui eût été impossible
de dire à lui-même; d'ailleurs, le grand
poète qu'il était, il confondait toujours
le rêve avec la réalité. Nodier avait ca-
ressé avec tant d'amour les fantaisies
de son imagination, qu'il avait fini par
croire à leur existence. Pour lui, Thé-

rèse Aubert, la Fée aux Miettes, Inès de
la Sierra, avaient existé. C'étaient ses
filles, comme Marie ; c'étaient les sœurs
de Marie ; seulement, madame Nodier
n'avait été pour rien dans leur création ;
comme Jupiter, Nodier avait tiré toutes
ces Minerves-là de son cerveau.

Mais ce n'étaient pas seulement des
créatures humaines, ce n'étaient pas seulement des filles d'Eve et des fils d'Adam
que Nodier animait de son souffle créateur. Nodier avait inventé un animal, il
l'avait baptisé. Puis, il l'avait, de sa propre autorité, sans s'inquiéter de ce que
Dieu en disait, doté de la vie éternelle.

Cet animal c'était le tarantatello.

Vous ne connaissez pas le tarantatello, n'est ce pas? ni moi non plus; mais Nodier le connaissait, lui, Nodier le savait par cœur. Il vous racontait les mœurs, les habitudes, les caprices du tarantatello. Il vous eût raconté ses amours si, du moment où il s'était aperçu que le tarantatello portait en lui le principe de la vie éternelle, il ne l'eût condamné au célibat, la reproduction étant inutile là où existe la résurrection.

Comment Nodier avait-il découvert le tarantatello?

Je vais vous le dire:

A dix-huit ans, Nodier s'occupait d'entomologie. La vie de Nodier s'est divisée en six phases différentes :

D'abord il fit de l'histoire naturelle : la *bibliothèque entomologique.*

Puis de la linguistique : le *Dictionnaire des Onomatopées.*

Puis de la politique : la *Napoleone.*

Puis de la philosophie religieuse : les *Méditations du Cloître ;*

Puis des poésies : Les *Essais d'un jeune Barde ;*

Puis du roman : *Jean Sbogar ; Smarra ;*

*Trilby ; le peintre de Salzbourg ; Mademoi-
selle de Marsan ; Adèle; le Vampire; le Songe
d'or; les Souvenirs de Jeunesse; le Roi de Bo-
hème et ses sept Châteaux : les Fantaisies du
Docteur Néophobus,* et mille choses charmantes encore que vous connaissez, que
je connais et dont le nom ne se retrouve
pas sous ma plume.

Nodier en était donc à la première
phase de ses travaux ; Nodier s'occupait
d'entomologie. Nodier demeurait au
sixième, — un étage plus haut que
Béranger ne loge le poète. — Il faisait
des expériences au microscope sur les
infiniment petits, et, bien avant Ras-

pail, il avait découvert tout un monde d'animalcules invisibles. Un jour, après avoir soumis à l'examen l'eau, le vin, le vinaigre, le fromage, le pain, tous les objets enfin sur lesquels on fait habituellement des expériences, il prit un peu de sable mouillé dans la gouttière, et le posa dans la cage de son microscope, puis il appliqua son œil sur la lentille.

Alors il vit se mouvoir un animal étrange, ayant la forme d'un vélocipède, armé de deux roues qu'il agitait rapidement. Avait-il une rivière à traverser? ses roues lui servaient comme celles d'un bateau à vapeur; avait-il un terrain sec à

franchir? ses roues lui servaient comme
celles d'un cabriolet. Nodier le regarda,
le détailla, le dessina, l'analysa si longtemps, qu'il se souvint tout-à-coup qu'il
oubliait un rendez-vous, et qu'il se sau-
va, laissant là son microscope, sa pincée
de sable et le tarantatello dont elle était
le monde.

Quand Nodier rentra, il était tard ; il
était fatigué, il se coucha, et dormit
comme on dort à dix-huit ans. Ce fut donc
le lendemain seulement, en ouvrant les
yeux, qu'il pensa à la pincée de sable,
au microscope et au tarantatello.

Hélas ! pendant la nuit le sable avait

séché, et le pauvre tarantatello, qui,
sans doute, avait besoin d'humidité pour
vivre, était mort. Son petit cadavre
était couché sur le côté, ses roues
étaient immobiles. Le bateau à vapeur
n'allait plus : le vélocipede était arrêté.

Mais, tout mort qu'il était, l'animal
n'en était pas moins une curieuse variété
des éphémères, et son cadavre méritait
d'être conservé aussi bien que celui d'un
mahmouth ou d'un mastodonte ; seulement il fallait prendre, on le comprend,
des précautions bien autrement grandes
pour manier un animal cent fois plus
petit qu'un ciron, qu'il n'en faut pren-

dre pour changer de place un animal dix
fois gros comme un éléphant.

Ce fut donc avec la barbe d'une plume que Nodier transporta sa pincée de
sable de la cage de son microscope dans
une petite boîte de carton destinée à devenir le sépulcre du tarantatello.

Il se promettait de faire voir ce cadavre au premier savant qui se hasarderait
à monter ses six étages.

Il y a tant de choses auxquelles on pense à dix huit ans, qu'il est bien permis
d'oublier le cadavre d'un éphémère. Nodier oublia pendant trois mois, dix mois,

un an peut-être, le cadavre du tarantatello.

Puis, un jour, la boîte lui tomba sous la main. Il voulut voir quel changement un an avait produit sur son animal. Le temps était couvert, il tombait une grosse pluie d'orage. Pour mieux voir, il approcha le microscope de la fenêtre, et vida dans la cage le contenu de la petite boîte.

Le cadavre était toujours immobile et couché sur le sable ; seulement le temps, qui a tant de prise sur les colosses, semblait avoir oublié l'infiniment petit.

Nodier regardait donc son éphémère, quand tout-à-coup une goutte de pluie, chassée par le vent, tombe dans la cage du microscope et humecte la pin-cée de sable.

Alors, au contact de cette fraîcheur vivifiante, il semble à Nodier que son tarantatello se ranime, qu'il remue une antenne, puis l'autre ; qu'il fait tourner une de ses roues, qu'il fait tourner ses deux roues, qu'il reprend son centre de gravité, que ses mouvements se régularisent, qu'il vit enfin.

Le miracle de la résurrection vient de s'accomplir, non pas au bout de trois jours, mais au bout d'un an.

Dix fois Nodier renouvela la même

épreuve, dix fois le sable sécha, et le ta-
rentatello mourut, dix fois le sable fut
humecté et dix fois le tarantatello res-
suscita.

Ce n'était pas un éphémère que Nodier avait découvert, c'était un immortel. Selon toute probabilité, son
tarantatello avait vu le déluge, et devait assister au jugement dernier.

Malheureusement, un jour que Nodier,
pour la vingtième fois peut-être, s'ap-
prêtait à renouveler son expérience, un
coup de vent emporta le sable séché, et,
avec le sable, le cadavre du phénoménal
tarantatello.

Nodier reprit bien des pincées de sable mouillé sur sa gouttière et ailleurs, mais ce fut inutilement, jamais il ne retrouva l'équivalent de ce qu'il avait perdu : le tarantatello était le seul de son espèce, et, perdu pour tous les hommes, il ne vivait plus que dans les souvenirs de Nodier.

Mais aussi la vivait-il de manière à ne jamais s'en effacer.

Nous avons parlé des défauts de Nodier ; son défaut dominant, aux yeux de madame Nodier, du moins, c'était sa bibliomanie ; ce défaut, qui faisait le bon-

heur de Nodier, faisait le désespoir de
sa femme.

C'est que tout l'argent que Nodier gagnait, passait en livres ; combien de fois
Nodier, sorti pour aller chercher 2 ou
500 francs, absolument nécessaires à la
maison, rentra-t-il avec un volume rare,
avec un exemplaire unique !

L'argent était resté chez Techener ou
Guillemot.

Madame Nodier voulait gronder, mais
Nodier, tirait son volume de sa poche,
il l'ouvrait, le fermait, le caressait,
montrait à sa femme une faute d'impres-

sion qui faisait l'authenticité du livre.

Et cela tout en disant :

— Songe donc, ma bonne amie, que je retrouverai 500 francs, tandis qu'un pareil livre, hum ! un pareil livre est introuvable ; demande plutôt à Pixérécourt.

Pixérécourt, c'était la grande admiration de Nodier, qui a toujours adoré le mélodrame , Nodier appelait Pixérécourt le Corneille des boulevards.

Presque tous les matins Pixérécourt venait rendre visite à Nodier.

Le matin, chez Nodier, était consacré aux visites des bibliophiles. C'était là que se réunissaient le marquis de Ganay, le marquis de Château-Giron, le marquis de Chalabre, le comte de Labédoyère, Bérard, l'homme des Elzevirs, qui dans ses moments perdus, refit la Charte de 1850 ; le bibliophile Jacob, le savant Wess de Besançon, l'universel Peignot de Dijon ; enfin les savants étrangers, qui, aussitôt leur arrivée à Paris, se faisaient présenter ou se présentaient seuls à ce cénacle dont la réputation était européenne.

Là on consultait Nodier, l'oracle de la

réunion ; là on lui montrait des livres ;
là on lui demandait des notes : c'était
sa distraction favorite. Quant aux savants de l'Institut, ils ne venaient guè-
res à ces réunions ; ils voyaient Nodier
avec jalousie. Nodier associait l'esprit
et la poésie à l'érudition, et c'était un
tort que l'Académie des sciences ne par-
donne pas plus que l'Académie française.

Puis Nodier raillait souvent, Nodier
mordait quelquefois. Un jour il avait fait
le Roi de Bohême et ses sept châteaux ; cette
fois là, il avait emporté la pièce. On crut
Nodier à tout jamais brouillé avec l'Ins-

titut. Pas du tout : l'Académie de Tom-
bouctou fit entrer Nodier à l'Académie
française.

On se doit quelque chose entre
sœurs.

Après deux ou trois heures d'un travai
toujours facile; après avoir couvert dix ou
douze pages de papier de six pouces de
haut sur quatre de large, à peu près,
d'une écriture lisible, régulière, sans
rature aucune, Nodier sortait.

Une fois sorti, Nodier rôdait à l'aven-
ture, suivant néanmoins presque toujours la ligne des quais, mais passant

et repassant la rivière, selon la situation
topographique des étalagistes ; puis des
étalagistes il entrait dans les boutiques de
libraires, et des boutiques de libraires
dans les magasins de relieurs.

C'est que Nodier se connaissait non-
seulement en livres, mais en couvertures.
Les chefs-d'œuvre de Gascon sous Louis
XIII, de Desseuil sous Louis XIV, de
Pasdeloup sous Louis XV et de Derome
sous Louis XV et Louis XVI, lui étaient
si familiers, que, les yeux fermés, au
simple toucher, il les reconnaissait. C'é-
tait Nodier qui avait fait revivre la reliure, qui sous la révolution et l'empi-

re, cessa d'être un art ; c'est lui qui encouragea, qui dirigea les restaurateurs de cet art, les Touvenin, les Bradel, les Niedée, les Bozonnet et les Legrand. Touvenin, mourant de la poitrine, se levait de son lit d'agonie pour jeter un dernier coup-d'œil aux reliures qu'il faisait pour Nodier.

La course de Nodier aboutissait presque toujours chez Crozet ou Techener, ces deux beaux-frères désunis par la rivalité, et entre lesquels son placide génie venait s'interposer. Là, il y avait réunion de bibliophiles ; là, on s'assemblait pour parler livres, éditions, ventes ; là, on

faisait des échanges ; puis, dès que Nodier paraissait, c'était un cri ; mais, dès
qu'il ouvrait la bouche, silence absolu.
Alors, Nodier narrait, Nodier paradoxait,
de omni re scibili et quibusdam aliis.

Le soir, après le dîner de famille, Nodier travaillait d'ordinaire dans la salle
à manger entre trois bougies posées en
triangle, jamais plus, jamais moins ;
nous avons dit sur quel papier et de
quelle écriture, toujours avec des plumes
d'oie ; Nodier avait horreur des plumes
de fer, comme, en général, de toutes les
inventions nouvelles : le gaz le mettait en
fureur, la vapeur l'exaspérait, il voyait

la fin du monde infaillible et prochaine
dans la destruction des forêts et dans l'é-
puisement des mines de houille. C'est
dans ces fureurs contre le progrès de la
civilisation que Nodier était resplendissant de verve et foudroyant d'entrain.

Vers neuf heures et demie du soir,
Nodier sortait ; cette fois, ce n'était plus
la ligne des quais qu'il suivait, c'était
celle des boulevards ; il entrait à la Porte-
Saint-Martin, à l'Ambigu ou aux Funambules, au Funambules de préférence.
C'est Nodier qui a divinisé Debureau,
pour Nodier, il n'y avait que trois acteurs
au monde : Debureau, Potier et Talma ;

Potier et Talma étaient morts, mais De-
burau restait, et consolait Nodier de la
perte des deux autres.

Nodier avait vu cent fois *le Bœuf enragé*.

Tous les dimanches, Nodier déjeû-
nait chez Pixérécourt : là, il retrouvait
ses visiteurs : le bibliophile Jacob, roi
tant que Nodier n'était pas là, vice-roi
quand Nodier paraissait. Le marquis de
Ganay, le marquis de Chalabre.

Le marquis de Ganay, esprit changeant, amateur capricieux, amoureux
d'un livre comme un roué du temps de

la régence était amoureux d'une femme
pour l'avoir : puis, quand il l'avait, fidèle un mois, non pas fidèle, enthousiaste,
le portant sur lui, et arrêtant ses amis
pour le leur montrer ; le mettant sous
son oreiller le soir, et se réveillant la
nuit, rallumant sa bougie pour le regarder, mais ne le lisant jamais, toujours
jaloux des livres de Pixérécourt, que
Pixérécourt refusait de lui vendre à
quelque prix que ce fût, se vengeant de
son refus en achetant à la vente de madame de Castellane, un autographe
que Pixérécourt ambitionnait depuis dix
ans.

— N'importe , disait Pixérécourt furieux, je l'aurai.

— Quoi ? demandait le marquis de
Ganay.

— Votre autographe.

— Et quand cela ?

— A votre mort, parbleu !

Et Pixérécourt tenait parole. A la
mort du marquis de Ganay, il achetait
l'autographe.

Quant au marquis de Chalabre , il
n'ambitionnait qu'une chose : c'était une

Bible que personne n'eût, mais aussi il l'ambitionnait ardemment.

Il tourmenta tant Nodier, pour que Nodier lui indiquât un exemplaire unique, que Nodier finit par faire mieux encore que ne désirait le marquis de Chalabre, il lui indiqua un exemplaire qui n'existait pas.

Aussitôt, le marquis de Chalabre se mit à la recherche de cet exemplaire.

Jamais Cristophe Colomb ne mit plus d'acharnement à découvrir l'Amérique. Jamais Vasco de Gama ne mit plus de persistance à retrouver l'Inde que le marquis de Chalabre à poursuivre sa

Bible. Mais l'Amérique existait entre le 70e degré de latitude nord et les 53e et 54e de latitude sud. Mais l'Inde gisait véritablement en deçà et au-delà du Gange, tandis que la Bible du marquis de Chalabre n'était située sous aucune latitude, ni ne gisait ni en deçà, ni au-delà de la Seine. Il en résulta que Vasco de Gama retrouva l'Inde, que Christophe Colomb découvrit l'Amérique, mais que le marquis eut beau chercher, du nord au sud, de l'orient à l'occident, il ne trouva pas sa Bible.

Plus la Bible était introuvable, plus le marquis de Chalabre mettait d'ardeur à la trouver.

Il en avait offert 500 francs ; il en avait offert 1,000 francs ; il en avait offert 2,000, 4,000, 10,000 francs. Tous les bibliographes étaient sans dessus dessous à l'endroit de cette malheureuse Bible. On écrivit en Allemagne et en Angleterre. Néant. Sur une note du marquis de Chalabre, on ne se serait pas donné tant de peine, et on eût simplement répondu : *Elle n'existe pas.* Mais, sur une note de Nodier, c'était autre chose. Si Nodier avait dit : la Bible existe, incontestablement la Bible existait. Le pape pouvait se tromper ; mais Nodier était infaillible.

Les recherches durèrent trois ans. Tous les dimanches le marquis de Chalabre, en déjeûnant avec Nodier chez Pixérécourt, lui disait :

— Eh bien ! cette Bible, mon cher Charles ?

— Eh bien !

— Introuvable ?

— *Quære et invenies*, répondait Nodier.

Et, plein d'une nouvelle ardeur, le bibliomane se remettait à chercher, mais ne trouvait pas.

Enfin on appporta au marquis de Chalabre une Bible.

Ce n'était pas la Bible indiquée par
Nodier ; mais il n'y avait que la diffé-
rence d'un an dans la date ; elle n'était
pas imprimée à Kehl, mais elle était imprimée à Strasbourg ; il n'y avait que la
distance d'une lieue ; elle n'était pas unique, il est vrai ; mais le second exemplaire, le seul qui existât, était dans le
Liban au fond d'un monastère druse.
Le marquis de Chalabre porta la Bible à
Nodier et lui demanda son avis :

— Dam ! répondit Nodier qui voyait le
marquis prêt à devenir fou s'il n'avait

pas une Bible, prenez celle-là, mon cher
ami, puisqu'il est impossible de trouver
l'autre.

Le marquis de Chalabre acheta la Bible moyennant la somme de deux mille
francs, la fit relier d'une façon splendide
et la mit dans une cassette particulière.

Quand il mourut, le marquis de Chalabre laissa sa bibliothèque à mademoiselle Mars. Mademoiselle Mars, qui n'é-
tait rien moins que bibliomane, pria
Merlin de classer les livres du défunt et
d'en faire la vente. Merlin, le plus hon-
nête homme de la terre, entre un jour
chez mademoiselle Mars avec trente ou

quarante mille francs de billets de banque à la main.

Il les avait trouvés dans une espèce de portefeuille pratiqué dans la magnifique reliure de cette bible presque unique.

— Pourquoi, demandais-je à Nodier, avez-vous fait cette plaisanterie au pauvre marquis de Chalabre, vous si peu mystificateur?

— Parce qu'il se ruinait, mon ami, et que pendant les trois ans qu'il a cherché sa bible, il n'a pas pensé à autre chose; au bout de ces trois ans il a dépensé deux mille francs; pendant ces trois ans là il en eût dépensé cinquante mille.

Maintenant que nous avons montré notre bien-aimé Charles pendant la semaine et le dimanche matin, disons ce qu'il était le dimanche depuis six heures du soir jusqu'à minuit.

III

L'Arsenal (suite).

Comment avais-je connu Nodier?

Comme on connaissait Nodier. Il m'avait rendu un service. — c'était en 1827, — je venais d'achever *Christine*; je ne connaissais personne dans les ministères, personne au théâtre; mon administration, au lieu de m'être une aide pour

arriver à la Comédie-Française, m'était

un empêchement. J'avais écrit, depuis

deux ou trois jours, ce dernier vers qui

a été si fort sifflé et si fort applaudi :

Eh bien !... j'en ai pitié, mon père, qu'on l'achève !

En dessous de ce vers, j'avais écrit le

mot FIN : il ne me restait plus rien à faire

que de lire ma pièce à MM. les comé-

diens du roi et à être reçu ou refusé par

eux.

Malheureusement, à cette époque, le

gouvernement de la Comédie-Française

était, comme le gouvernement de Ve-

nise, — républicain, mais aristocratique,
et n'arrivait pas qui voulait près des sé-
rénissimes seigneurs du comité.

Il y avait bien un examinateur chargé
de lire les ouvrages des jeunes gens qui
n'avaient encore rien fait, et qui, par
conséquent, n'avaient droit à une lecture
qu'après examen ; mais il existait dans
les traditions dramatiques de si lugubres
histoires de manuscrits attendant leur
tour de lecture pendant un ou deux ans,
et même trois ans, que moi, familier du
Dante et de Milton, je n'osais point af-
fronter ces limbes, tremblant que ma

pauvre *Christine* n'allât augmenter tout simplement le nombre de

Questi sciaurati, che mai non fur vivi.

J'avais entendu parler de Nodier, comme protecteur né de tout poète à naître. Je lui demandai un mot d'introduction près du baron Taylor. Il me l'envoya; huit jours après j'avais lecture au Théâtre-Français, et j'étais à peu près reçu.

Je dis à peu près, parce qu'il y avait dans *Christine*, relativement au temps où nous vivions, c'est-à-dire à l'an de grâce 1827, de telles énormités littérai-

res, que MM. les comédiens ordinaires
du roi n'osèrent me recevoir d'emblée et
subordonnèrent leur opinion à celle de
M. Picard, auteur de *la Petite Ville*.

M. Picard était un des oracles du
temps.

Firmin me conduisit chez M. Picard.
M. Picard me reçut dans une bibliothèque garnie de toutes les éditions de ses
œuvres et ornée de son buste. Il prit
mon manuscrit, me donna rendez-vous
à huit jours et nous congédia.

Au bout de huit jours, heure pour
heure, je me présentai à la porte de

M. Picard. M. Picard m'attendait évidemment : il me reçut avec le sourire de Rigobert dans *Maison à vendre.*

— Monsieur, me dit-il en me tendant mon manuscrit proprement roulé, avez-vous quelques moyens d'existence ?

Le début n'était pas encourageant.

— Oui , Monsieur , répondis-je ; j'ai une petite place chez M. le duc d'Orléans.

—Eh bien! mon enfant, fit-il en me mettant affectueusement mon manteau entre les deux mains et me prenant les mains du même coup, allez à votre bureau.

Et enchanté d'avoir fait un mot, il se frotta les mains en m'indiquant du geste que l'audience était terminée.

Je n'en devais pas moins un remercî-ment à Nodier. Je me présentai à l'Ar-senal. Nodier me reçut, comme il rece-vait, avec un sourire aussi... Mais il y a sourire et sourire, comme dit Molière.

Peut-être oublierai-je un jour le sou-rire de Picard, mais je n'oublierai ja-mais celui de Nodier.

Je voulus prouver à Nodier que je n'é-tais pas tout-à-fait aussi indigne de sa protection qu'il eût pu le croire, d'après

la réponse que Picard m'avait faite. Je
lui laissai mon manuscrit. Le lendemain
je reçus une lettre charmante qui me
rendait tout mon courage et qui m'invi-
tait aux soirées de l'Arsenal.

Ces soirées de Arsenal, c'était quelque chose de charmant, quelque chose
qu'aucune plume ne rendra jamais. Elles
avaient lieu le dimanche et commençaient en réalité à six heures.

A six heures, la table était mise. Il y
avait les dîneurs de fondation : Cailleux,
Taylor, Francis Wey, que Nodier aimait
comme un fils; puis, par hasard, un ou
deux invités, — puis qui voulait.

Une fois admis à cette charmante inti-
mité de la maison, on allait dîner chez
Nodier à son plaisir. Il y avait toujours
deux ou trois couverts attendant les
convives de hasard. Si ces trois couverts
étaient insuffisants, on en ajoutait un
quatrième, un cinquième, un sixième.
S'il fallait allonger la table, on l'allon-
geait. Mais malheur à celui qui arrivait
le treizième. Celui-là dînait impitoyablement à une petite table, à moins qu'un
quatorzième ne vînt le relever de sa pénitence.

Nodier avait ses manies ; il préférait
le pain bis au pain blanc, l'étain à l'ar-
genterie, la chandelle à la bougie.

Personne n'y faisait attention que madame Nodier qui le servait à sa guise.

Au bout d'une année ou deux, j'étais un de ces intimes dont je parlais tout-à-l'heure. Je pouvais arriver, sans prévenir, à l'heure du dîner ; on me recevait avec des cris qui ne me laissaient pas de doute sur ma bienvenue, et l'on me mettait à table, ou plutôt je me mettais à table entre madame Nodier et Marie.

Au bout d'un certain temps, ce qui n'était qu'un point de fait devint un point de droit. Arrivais-je trop tard, était on à table, ma place était-elle prise? on faisait un signe d'excuse au convive

usurpateur, ma place m'était rendue, et,
ma foi! se mettait où il pouvait, celui
que j'avais déplacé.

Nodier alors prétendait que j'étais une
bonne fortune pour lui, en ce que je le
dispensais de causer. Mais si j'étais une
bonne fortune pour lui, j'étais une mauvaise fortune pour les autres. Nodier
était le plus charmant causeur qu'il y
eût au monde. On avait beau faire à ma
conversation tout ce qu'on a fait à un
feu pour qu'il flambe, l'éveiller, l'attiser,
y jeter cette limaille qui fait jaillir les
étincelles de l'esprit comme celles de la
forge; c'était de la verve, c'était de l'en-

train, c'était de la jeunesse ; mais ce n'était point cette bonhomie, ce charme inexprimable, cette grâce infinie, où, comme dans un filet tendu, l'oiseleur prend tout, grands et petits oiseaux. Ce n'était pas Nodier.

C'était un pis-aller dont on se contentait, voilà tout.

Mais parfois je boudais, parfois je ne voulais pas parler, et, à mon refus de parler, il fallait bien, comme il était chez lui, que Nodier parlât; alors tout le monde écoutait, petits enfants et grandes personnes. C'était à la fois Walter Scott et Perrault, c'était le savant aux prises

avec le poète, c'était la mémoire en lutte
avec l'imagination. Non-seulement alors,
Nodier était amusant à entendre, mais
encore Nodier était charmant à voir.
Son long corps efflanqué, ses longs bras
maigres, ses longues mains pâles, son
long visage plein d'une mélancolique
bonté, tout cela s'harmoniait avec sa parole un peu traînante, que modulait sur
certains tons ramenés périodiquement
un accent franc-comtois que Nodier n'a
jamais entièrement perdu. Oh! alors le
récit était chose inépuisable, toujours
nouvelle, jamais répétée. Le temps, l'es-
pace, l'histoire, la nature étaient pour
Nodier cette bourse de Fortunatus d'où

Pierre Schlemill tirait ses mains toujours pleines. Il avait connu tout le monde, Danton, Charlotte Corday, Gustave III, Cagliostro, Pie VI, Catherine II, le grand Frédéric, que sais-je? comme le comte de Saint-Germain et le taratantaleo, et non pas taratantello, comme nous a fait dire notre prote (1) ; il avait assisté à la création du monde, et traversé les siècles en se transformant. Il avait même

(1) Puisque nous sommes en train de dénoncer notre prote, qu'on nous permette de dénoncer en même temps notre copiste, lequel nous a fait tuer impitoyablement M. le marquis de Ganay, tandis qu'au contraire, M. le marquis de Ganay, plein de vie et de santé, a survécu à Pixérécourt, et est encore aujourd'hui un des hommes les plus spirituels et des bibliophiles les plus savants qui existent.

Voilà donc ce qu'il faut lire :

— Et Pixérécourt eût tenu sa parole, si le marquis de Ganay n'eût jugé à propos de survivre à Pixérécourt.

sur cette transformation une théorie des
plus ingénieuses. Selon Nodier, les rêves
n'étaient qu'un souvenir des jours écou-
lés dans une autre planète, une réminiscence de ce qui avait été jadis. Selon Nodier, les songes les plus fantastiques
correspondaient à des faits accomplis
autrefois, dans Saturne, dans Vénus, ou
dans Mercure : les images les plus étranges n'étaient que l'ombre des formes qui
avaient imprimé leurs souvenirs dans
notre âme immortelle. En visitant pour
la première fois le Musée fossile du Jar-
din-des-Plantes, il s'est écrié, retrouvant
des animaux qu'il avait vus dans le déluge de Deucalion et de Pyrrha, et par-

fois il lui échappait d'avouer que, voyant la tendance des Templiers à la possession universelle, il avait donné à Jacques Molay le conseil de maîtriser son ambition. Ce n'était pas sa faute si Jésus-Christ avait été crucifié; seul parmi ses auditeurs, il l'avait prévenu des mauvaises intentions de Pilate à son égard. C'était surtout le Juif errant que Nodier avait eu l'occasion de rencontrer : la première fois à Rome, du temps de Grégoire VII; la seconde fois à Paris, la veille de la Saint-Barthélemy, et la dernière fois à Vienne en Dauphiné, et sur lequel il avait les documents les plus précieux. Et à ce propos il relevait une

erreur dans laquelle étaient tombés les
savants et les poètes, et particulièrement
Edgar Quinet : ce n'était pas Ahasvérus,
qui est un nom moitié grec moitié la-
tin, que s'appelait l'homme aux cinq
sous, c'était Isaac Laquedème : de cela
il pouvait en répondre, il tenait le ren-
seignement de sa propre bouche. Puis
de la politique, de la philosophie, de la
tradition, il passait à l'histoire naturelle.
Oh! comme dans cette science, Nodier
distançait Hérodote, Pline, Marco Polo,
Buffon et Lacépède! il avait connu des
araignées près desquelles l'araignée de
Pelisson n'était qu'une drôlesse, il avait
fréquenté des crapauds près desquels

Mathusalem n'était qu'un enfant; enfin
il avait été en relation avec des caïmans
près desquels la tarasque n'était qu'un
lézard.

Aussi, il tombait à Nodier de ces ha-
sards comme il n'en tombe qu'aux hommes de génie. Un jour qu'il cherchait
des lépidopteres,— c'était pendant son
séjour en Styrie, pays des roches grani-
tiques et des arbres séculaires, — il monta contre un arbre afin d'atteindre une
cavité qu'il apercevait, fourra sa main
dans cette cavité comme il avait l'habitude de le faire, et cela assez imprudem-
ment, car un jour il retira d'une cavité

pareille son bras enrichi d'un serpent
qui s'était enroulé a l'entour ; — un jour
donc qu'ayant trouvé une cavité il four-
rait sa main dans cette cavité, il sentit
quelque chose de flasque et de gluant qui
cédait à la pression de ses doigts. Il ra-
mena vivement sa main a lui, et regarda :
deux yeux brillaient d'un feu terne au
fond de cette cavité. Nodier croyait au
diable ; aussi, en voyant ces deux yeux
qui ne ressemblaient pas mal aux yeux
de braise de Caron, comme dit Dante, .
Nodier commença par s'enfuir, puis il
réfléchit, se ravisa, prit une hachette, et,
mesurant la profondeur du trou, il commença de faire une ouverture à l'endroit

où il présumait que devait se trouver ce
objet inconnu. Au cinquième ou sixième
coup de hache qu'il frappa, le sang coula
de l'arbre, ni plus ni moins que, sous l'é-
pée de Tancrède, le sang coula de la forêt
enchantée du Tasse. Mais ce ne fut pas
une belle guerrière qui lui apparut, ce fut
un énorme crapaud encastré dans l'arbre
où, sans doute, il avait été emporté par
le vent, quand il était de la taille d'une
abeille. Depuis combien de temps était-il
là ? Depuis deux cents ans, trois cents
ans, cinq cents ans peut-être. Il avait
cinq pouces de long sur trois de large.

Une autre fois, c'était en Normandie.

du temps où il faisait avec Tuylor le voyage pittoresque de la France, il entra dans
une église ; à la voûte de cette église
étaient suspendus une gigantesque araignée et un énorme crapaud. Il s'adressa
à un paysan pour demander des renseignements sur ce singulier couple.

Et voilà ce que le vieux paysan lui ra-
conta après l'avoir mené près d'une des
dalles de l'église, sur laquelle était sculp-
té un chevalier couché dans son ar-
mure.

Ce chevalier était un ancien baron,
lequel avait laissé dans le pays de si mé-
chants souvenirs, que les plus hardis se

détournaient afin de ne pas mettre le pied sur sa tombe, et cela, non point par respect, mais par terreur. Au-dessus de cette tombe, a la suite d'un vœu fait par ce chevalier a son lit de mort, une lampe devait brûler nuit et jour, une pieuse fondation ayant été faite par le mort, qui subvenait à cette dépense et bien au-delà.

Un beau jour, ou plutôt une belle nuit, pendant laquelle, par hasard, le curé ne dormait pas, il vit de la fenêtre de sa chambre qui donnait sur celle de l'église, la lampe pâlir et s'éteindre. Il attribua la chose à un accident et n'y fit pas cette nuit une grande attention.

Mais, la nuit suivante, s'étant réveillé vers les deux heures du matin, l'idée lui vint de s'assurer si la lampe brûlait. Il descendit de son lit, s'approcha de la fenêtre, et constata *de visu* que l'église était plongée dans la plus profonde obscurité.

Cet événement, reproduit deux fois en quarante-huit heures, prenait une certaine gravité. Le lendemain au point du jour, le curé fit venir le bedeau et l'accusa tout simplement d'avoir mis l'huile dans sa salade, au lieu de l'avoir mise

dans la lampe. Le bedeau jura ses grands
dieux qu'il n'en était rien ; que tous les
soirs, depuis quinze ans qu'il avait l'honneur d'être bedeau, il remplissait cons-
ciencieusement la lampe, et qu'il fallait
que ce fut un tour de ce méchant chevalier qui, après avoir tourmenté les vivants
pendant sa vie, recommençait à les tour-
menter trois cents ans après sa mort.

Le curé déclara qu'il se fiait parfaitement à la parole du bedeau, mais qu'il
n'en désirait pas moins assister le soir au
remplissage de la lampe ; en conséquence, à la nuit tombante, en présence du
curé, l'huile fut introduite dans le réci-

pient, et la lampe allumée : la lampe allumée, le curé ferma lui-même la porte
de l'église, mit la clé dans sa poche, et
se retira chez lui.

Puis il prit son bréviaire, s accommoda
près de sa fenêtre dans un grand fauteuil,
et les yeux alternativement fixés sur le
livre et sur l'église, il attendit.

Vers minuit, il vit la lumière qui illuminait les vitraux diminuer, pâlir et s'é-
teindre.

Cette fois, il y avait une cause étrangère, mystérieuse, inexplicable, à laquelle le pauvre bedeau ne pouvait avoir aucune part.

Un instant, le curé pensa que des voleurs s'introduisaient dans l'église et vo-
laient l'huile. Mais en supposant le mé-
fait commis par des voleurs, c'étaient
des gaillards bien honnêtes de se borner
à voler l'huile, quand ils épargnaient
les vases sacrés.

Ce n'étaient donc pas des voleurs :
c'était donc une autre cause qu'aucune
de celles qu'on pouvait imaginer, une
cause surnaturelle peut-être. Le curé ré-
solut de reconnaître cette cause quelle
qu'elle fût.

Le lendemain soir il versa lui-même

l'huile pour bien se convaincre qu'il n'était pas dupe d'un tour de passe-passe; puis, au lieu de sortir, comme il l'avait fait la veille, il se cacha dans un confessional.

Les heures s'écoulèrent, la lampe éclairait d'une lueur calme et égale : Minuit sonna...

Le curé crut entendre un léger bruit, pareil à celui d'une pierre qui se déplace puis il vit comme l'ombre d'un animal avec des pattes gigantesques . laquelle ombre monta contre un pilier, courut le long d'une corniche, apparut un instant à la voûte, descendit le long de la corde,

I.   7

et fit une station sur la lampe, qui commença de pâlir, vacilla et s'éteignit.

Le curé se trouva dans l'obscurité la plus complète. Il comprit que c'était une expérience à renouveler, en se rapprochant du lieu où se passait la scène.

Rien de plus facile : au lieu de se mettre dans le confessional qui était dans le côté de l'église opposé à la lampe, il n'avait qu'à se cacher dans le confessional qui était placé à quelques pas d'elle seulement.

Tout fut donc fait le lendemain comme

la veille ; seulement le curé changea de
confessional et se munit d'une lanterne
sourde.

Jusqu'à minuit, même calme, même
silence, même honnêteté de la lampe à
remplir ses fonctions. Mais aussi, au dernier coup de minuit, même craquement
que la veille. Seulement, comme le craquement se produisait à quatre pas du
confessionnal, les yeux du curé purent
immédiatement se fixer sur l'emplace-
ment d'où venait le bruit.

C'était la tombe du chevalier qui cra-
quait.

Puis la dalle sculptée qui recouvrait le

sépulcre se souleva lentement, et, par
l'entrebâillement du tombeau, le curé vit
sortir une araignée de la taille d'un barbet, avec un poil long de six pouces, des
pattes longues d'une aune, laquelle se
mit incontinent, sans hésitation, sans
chercher un chemin qu'on voyait lui
être familier, à gravir le pilier, à courir
sur sa corniche, à descendre le long de
la corde et, arrivée là, à boire l'huile de
la lampe, qui s'éteignit.

Mais alors, le curé eut recours à sa
lanterne sourde, dont il dirigea les rayons
vers la tombe du chevalier.

Alors il s'apperçut que l'objet qui la tenait entr'ouverte était un crapaud gros comme une tortue de mer, lequel en s'enflnat, soulevait la pierre et donnait passage à l'araignée, qui allait incontinent pomper l'huile qu'elle revenait partager avec son compagnon.

Tout deux vivaient ainsi depuis des siècles dans cette tombe où ils habiteraient probablement encore aujourd'hui un accident n'eût révélé au curé la présence d'un voleur quelconque dans son église.

Le lendemain le curé avait requis main-forte, on avait soulevé la pierre du tombeau, et l'on avait mis à mort l'insecte et le reptile, dont les cadavres étaient suspendus au plafond et faisaient foi de cet étrange évènement.

D'ailleurs le paysan qui racontait la chose à Nodier, était un de ceux qui avaient été appelés par le curé pour combattre ces deux commensaux de la tombe du chevalier, et, comme lui, s'était acharné particulièrement au crapaud. Une goutte de sang de l'immonde animal, qui avait jailli sur sa paupière, avait failli le rendre aveugle comme Tobie.

Il en était quitte pour être borgne.

Pour Nodier, les histoires de crapaud
ne se bornaient pas là : il y avait quelque
chose de mystérieux dans la longévité de
cet animal, qui plaisait à l'imagination
de Nodier. Aussi, toutes les histoires de
crapauds centenaires ou millenaires les

savait-il ; tous les crapauds découverts
dans des pierres ou dans des troncs d'arbres, depuis le crapaud trouvé en 1756
par le sculpteur Leprince, à Eretteville,
au milieu d'une pierre dure où il était
encastré, jusqu'au crapaud enfermé par
Hérissant en 1771, dans une case
de plâtre, et qu'il retrouva parfaitement vivant en 1774, étaient-ils de
sa compétence. Quand on demandait
à Nodier de quoi vivaient les malheureux prisonniers : — ils avalent leur
peau, répondait-il. Il avait étudié un
crapaud petit-maître qui avait fait six
fois peau neuve dans un hiver, et qui
six fois avait avalé la vieille. Quant à

ceux qui étaient dans des pierres de for-
mation primitive depuis la création du
monde, comme le crapaud que l'on trouva dans la carrière de Bourswick, en
Gothie, l'inaction totale dans laquelle
ils avaient été obligés de demeurer, la
suspension de la vie dans une tempéra-
rature qui ne permettait aucune dissolu-
tion, et qui ne rendait nécessaire la répa-
ration d'aucune perte, l'humidité du
lieu, qui entretenait celle de l'animal, et
qui empêchait sa destruction par le des-
sèchement, tout cela paraissait à Nodier
des raisons suffisantes à une conviction
dans laquelle il y avait autant de foi que
de science.

D'ailleurs Nodier avait, nous l'avons
dit, une certaine humilité naturelle ; une
certaine pente à se faire petit lui-même,
qui l'entraînait vers les petits et les humbles. Nodier, bibliophile, trouvait parmi
les livres des chefs-d'œuvres ignorés
qu'il tirait de la tombe des bibliothèques ;
Nodier philanthrope trouvait parmi les
vivants des poètes inconnus, qu'il mettait au jour et qu'il conduisait à la célé-
brité ; toute injustice, toute oppression
le révoltait, et, selon lui, on opprimait
le crapaud, on était injuste envers lui, on
ignorait ou l'on ne voulait pas connaître
les vertus du crapaud. Le crapaud était
bon ami ; Nodier l'avait déjà prouvé par

l'association du crapaud et de l'araignée,
et, à la rigueur, il le prouvait deux fois
en racontant une autre histoire de crapaud et de lézard, non moins fantastique
que la première, — le crapaud était donc,
non-seulement bon ami, mais encore bon
père et bon époux. En accouchant lui-
même sa femme, le crapaud avait donné
aux maris les premières leçons d'amour
conjugal ; en enveloppant les œufs de sa
famille autour de ses pattes de derrière
ou en les portant sur son dos, le crapaud
avait donné aux chefs de famille la première leçon de paternité ; quant à cette
bave que le crapaud répand ou lance même, quand on le tourmente, Nodier as-

surait que c'était la plus innocente sub-
stance qu'il y eût au monde, et il la pré-
ferait à la salive de bien des critiques de
sa connaissance.

Ce n'était pas que ces critiques ne fussent reçus chez lui comme les autres, et
ne fussent même bien reçus; mais, peu
à peu, il se retiraient d'eux-mêmes, ils
ne se sentaient point à l'aise au milieu de
cette bienveillance qui était l'atmosphè-
re naturelle de l'arsenal, et à travers laquelle ne passait la raillerie que comme
passe la luciole, au milieu de ces belles
nuits de Nice et de Florence, c'est-
-dire pour jeter une lueur et s'éteindre
aussitôt.

On arrivait ainsi à la fin d'un dîner charmant, dans lequel tous les accidents, excepté le renversement du sel, excepté un pain posé à l'envers, étaient pris du côté philosophique; puis on servait le café à table. Nodier était Sybarite au fond, il appréciait parfaitement ce sentiment de sensualité parfaite qui ne place aucun mouvement, aucun déplacement, aucun dérangement entre le dessert et le couronnement du dessert. Pendant ce moment de délices asiatiques, madame Nodier se levait et allait faire allumer le salon. Souvent moi, qui ne prenais point de café, je l'accompagnais. Ma longue taille lui était d'une grande utilité, pour éclairer le lustre sans monter sur les chaises.

Alors, le salon s'illuminait, car avant le dîner et les jours ordinaires on n'était jamais reçu que dans la chambre à coucher de madame Nodier, alors le salon s'illuminait et éclairait des lambris peints en blancs avec des moulures Louis XV, un ameublement, des plus simples, se composant de douze fauteuils et d'un canapé en casimir rouge, de rideaux de croisé de même couleur, d'un buste d'Hugo, d'une statue de Henri IV, d'un portrait de Nodier et d'un paysage alpestre de Regnier.

Dans ce salon, cinq minutes après son
éclairage, entraient les convives, Nodier
venant le dernier, appuyé soit au bras de
Dauzatz, soit au bras de Bixio, soit au
bras de Francis Wey, soit au mien, Nodier toujours soupirant et se plaignant
comme s'il n'eût eu que le souffle ; alors
il allait s'étendre dans un grand fauteuil
à droite de la cheminée, les jambes al-
longées, les bras pendants, ou se mettre
debout devant le chambranle, les mollets
au feu, le dos à la glace. S'il s'étendait
dans le fauteuil, tout était dit. Nodier,
plongé dans cet instant de béatitude que
donne le café, voulait jouir en égoïste de
lui-même, et suivre silencieusement le

rêve de son esprit ; s'il s'adossait au
chambranle, c'était autre chose : c'est
qu'il allait conter ; alors tout le monde se
taisait, alors se déroulait une de ces charmantes histoires de sa jeunesse, qui sem-
blent un roman de Longus, une idylle de
Théocrite, ou quelque sombre drame de
la révolution, dont un champ de bataille
de la Vendée ou la place de la Révolution
était toujours le théâtre ; ou enfin quelque mystérieuse conspiration de Cadou-
dal ou d'Oudet, de Staps ou de Lahorie ;
alors ceux qui entraient faisaient silence,
saluaient de la main, et allaient s'asseoir
dans un fauteuil ou s'adosser contre le
lambris, puis l'histoire finissait comme

finit toute chose. On n'applaudissait pas;
pas plus qu'on n'applaudit le murmure
d'une rivière, le chant d'un oiseau ; mais,
le murmure éteint, mais le chant évanoui,
on écoutait encore. Alors, Marie, sans
rien dire, allait se mettre à son piano,
et, tout-à-coup, une brillante fusée de
notes s'élançaient dans les airs comme
le prélude d'un feu d'artifice; alors les
joueurs, relégués dans des coins, se met-
taient à des tables et jouaient.

Nodier n'avait longtemps joué qu'à la
bataille, c'était son jeu de prédilection,
et il s'y prétendait d'une force supérieure ; enfin, il avait fait une concession au
siècle et jouait à l'écarté.

Alors Marie chantait des paroles d'Hugo, de Lamartine ou de moi, mises en musique par elle ; puis, au milieu de ces charmantes mélodies, toujours trop courtes, on entendait tout-à-coup éclore la ritournelle d'une contredanse, chaque cavalier courait à sa danseuse, et un bal commençait.

Bal charmant dont Marie faisait tous les frais, jetant au milieu de trilles rapides brodés par ses doigts sur les touches du piano, un mot à ceux qui s'approchaient d'elle, à chaque traversé, à chaque chaîne-des-dames, à chaque chassé-croisé. A partir de ce moment, Nodier

disparaissait, complètement oublié, car
lui, ce n'était pas un de ces maîtres abso-
lus et bougons dont on sent la présence,
et dont on devine l'approche. C'était
l'hôte de l'antiquité, qui s'efface pour
faire place à celui qu'il reçoit, et qui se
contentait d'être gracieux, faible, et presque féminin.

D'ailleurs Nodier, après avoir disparu
un peu, disparaissait bientôt tout-à-fait,
Nodier se couchait de bonne heure, ou
plutôt on couchait Nodier de bonne heure. C'était madame Nodier qui était chargée de ce soin. L'hiver, elle sortait la première du salon, puis quelquefois, quand

il n'y avait pas de braise à la cuisine, on
voyait une bassinoire passer, s'emplir,
et entrer dans la chambre à coucher.
Nodier suivait la bassinoire, et tout était
dit.

Dix minutes après, Madame Nodier
rentrait. Nodier était couché, et s'endor-
mait aux mélodies de sa fille, et au bruit
des piétinements et aux rires des dan-
seurs.

Un jour nous trouvâmes Nodier bien
autrement humble que de coutume. Cette
fois, il était embarrassé, honteux. Nous
lui demandâmes avec inquiétude ce qu'il
avait.

Nodier venait d'être nommé académi-
cien.

Il nous fit ses excuses bien humbles, à
Hugo et à moi.

Mais il n'y avait pas de sa faute, l'Académie l'avait nommé au moment où il
s'y attendait le moins.

C'est que Nodier, aussi savant à lui
seul que tous les académiciens ensemble,
démolissait pierre à pierre le dictionnaire de l'Académie ; il racontait que
l'immortel chargé de faire l'article *écrevisse* lui avait un jour montré cet article,
en lui demandant ce qu'il en pensait.

L'article était conçu dans ces termes :

« Écrevisse, petit poisson rouge qui marche à reculons. »

— Il n'y a qu'une erreur dans votre définition, répondit Nodier, c'est que l'écrevisse n'est pas un poisson, c'est que l'écrevisse n'est pas rouge, c'est que l'écrevisse ne marche pas à reculons... le reste est parfait.

J'oublie de dire qu'au milieu de tout cela Marie Nodier s'était mariée, était devenue madame Menessier, mais ce mariage n'avait absolument rien changé à la vie de l'Arsenal. Jules était un ami à tous : on le voyait venir depuis long-temps dans la maison : il y demeura au lieu d'y venir, voilà tout.

Je me trompe, il y eut un grand sacri-fice accompli : Nodier vendit sa biblio-theque, Nodier aimait ses livres, mais il adorait Marie.

Il faut dire une chose aussi, c'est que personne ne savait faire la réputation d'un livre comme Nodier. Voulait-il ven-dre ou faire vendre un livre, il le glori-fiait par un article : avec ce qu'il décou-vrait dedans, il en faisait un exemplaire unique. Je me rappelle l'histoire d'un

volume intitulé le *Zombi du grand Pérou*
que Nodier prétendit être imprimé aux
colonies, et dont il détruisit l'édition de
son autorité privée ; le livre valait 5 fr. il
monta à cent écus.

Quatre fois Nodier vendit ses livres,
mais il gardait toujours un certain fonds,
un noyau précieux à l'aide duquel, au
bout de deux ou trois ans, il avait recon-
struit sa bibliothèque.

Un jour, toutes ces charmantes fêtes
s'interrompirent. Depuis un mois ou deux
Nodier était plus souffreteux, plus plain-
tif. Au reste, l'habitude qu'on avait d'entendre plaindre Nodier faisait qu'on n'at-

tachait pas une grande attention à ses
plaintes. C'est qu'avec le caractère de
Nodier il était assez difficile de séparer
le mal réel d'avec les souffrances chimé-
riques. Cependant, cette fois, il s'affai-
blissait visiblement. Plus de flâneries
sur les quais, plus de promenades sur les
boulevards, un lent acheminement seulement, quand du ciel gris filtrait un
dernier rayon du soleil d'automne, un
lent acheminement vers Saint-Mandé.

Le but de la promenade était un méchant cabaret, où, dans les beaux jours
de sa bonne santé, Nodier se régalait de
pain bis; dans ses courses, d'ordinaire,

toute la famille l'accompagnait, excepté
Jules retenu à son bureau. C'était madame Nodier, c'était Marie, c'étaient les
deux enfants, Charles et Georgette ; tout
cela ne voulait plus quitter le mari, le
père et le grand père. On sentait qu'on
n'avait plus que peu de temps à rester
avec lui, et l'on en profitait.

Jusqu'au dernier moment Nodier in-
sista pour la conservation du dimanche ;
puis, enfin, on s'aperçut que de sa chambre le malade ne pouvait plus suppor-
ter le bruit et le mouvement qui se faisait dans le salon. Un jour Marie nous
annonça tristement que, le dimanche

suivant, l'Arsenal serait fermé ; puis tout bas elle dit aux intimes : Venez, nous causerons.

Nodier s'alita, enfin, pour ne plus se relever.

J'allai le voir.

— Oh ! mon cher Dumas, me dit-il, en me tendant les bras du plus loin qu'il m'aperçut, du temps où je me portais bien, vous n'aviez en moi qu'un ami ; depuis que je suis malade, vous avez en moi un homme reconnaissant. Je ne puis plus travailler, mais je puis encore lire, et, comme vous voyez, je vous lis, et, quand je suis fatigué, j'appelle ma fille, et ma fille vous lit.

Et Nodier me montra effectivement mes livres épars sur son lit et sur sa table.

Ce fut un de mes moments d'orgueil réel. Nodier isolé du monde, Nodier ne pouvant plus travailler, Nodier, cet esprit immense, qui savait tout, Nodier me lisait et s'amusait en me lisant.

Je lui pris les mains, j'eusse voulu les baiser tant j'étais reconnaissant.

A mon tour, j'avais lu la veille une chose de lui, un petit volume qui venait de paraître, en deux livraisons de *la Revue des Deux-Mondes*.

C'était *Inès de las Sierras*.

J'étais émerveillé. Ce roman, une des dernières publications de Charles, était si frais, si coloré, qu'on eût dit une œuvre de sa jeunesse que Nodier avait retrouvée et mise au jour, à l'autre horizon de sa vie.

Cette histoire d'Inès, c'était une histoire d'apparition de spectres, de fantômes ; seulement toute fantastique durant la première partie, elle cessait de l'être dans la seconde ; la fin expliquait le commencement.

Oh! de cette explication je me plaignis amèrement à Nodier.

— C'est vrai, me dit-il, j'ai eu tort; mais j'en ai une autre; celle-là je ne la gâterai pas, soyez tranquille.

— A la bonne heure, et quand vous y mettrez-vous, à cette œuvre-là?

Nodier me prit la main.

— Celle-là je ne la gâterai pas, parce que ce n'est pas moi qui l'écrirai, dit-il.

— Et qui l'écrira?

— Vous.

— Comment! moi , mon bon Charles?
mais je ne la sais pas, votre histoire.

— Je vous la raconterai. Oh ! celle-là ,
je la gardais pour moi , ou plutôt pour
vous.

— Mon bon Charles , vous la racon-
terez , vous l'écrirez , vous l'imprime-
rez.

Nodier secoua la tête.

— Je vais vous la dire, fit - il ; vous me
la rendrez, si j'en reviens.

— Attendez à ma prochaine visite,
nous avons le temps.

— Mon ami, je vous dirai ce que je disais à un créancier, quand je lui donnais un à-compte : — prenez toujours.

Et il commença.

Jamais Nodier n'avait raconté d'une façon si charmante.

Oh! si j'avais eu une plume, si j'avais eu du papier, si j'avais pu écrire aussi vite que la parole!

L'histoire était longue, je restai à dîner.

Après le dîner, Nodier s'était assoupi. Je sortis de l'Arsenal sans le revoir.

Je ne le revis plus.

Nodier, que l'on croyait si facile à la plainte, avait au contraire caché jusqu'au dernier moment ses souffrances à sa famille. Lorqu'il découvrit la blessure, on reconnut que la blessure était mortelle.

Nodier était non-seulement chrétien, mais bon et vrai catholique. C'était à Marie qu'il avait fait promettre de lui envoyer chercher un prêtre lorsque l'heure serait venue. L'heure était venue, Marie envoya chercher le curé de Saint-Paul.

Nodier se confessa. Pauvre Nodier ! il devait y avoir bien des péchés dans sa vie, mais il n'y avait certes pas une faute.

La confession achevée, toute la famille entra.

Nodier était dans une alcôve sombre d'où il étendait les bras sur sa femme, sur sa fille et sur ses petits-enfants.

Derriere la famille étaient les domestiques.

Derrière les domestiques, la bibliothèque, c'est-à-dire ces amis qui ne changent jamais — les livres.

Le curé dit à haute voix les prières auxquelles Nodier répondit aussi à haute voix en homme familier avec la liturgie chrétienne. Puis, les prières finies, il embrassa tout le monde, rassura chacun sur son état, affirma qu'il se sentait encore de la vie pour un jour ou deux, surtout si on le laissait dormir pendant quelques heures.

On laissa Nodier seul et il dormit cinq heures.

Le 26 janvier au soir, c'est-à-dire la veille de sa mort, la fièvre augmenta et produisit un peu de délire, vers minuit il ne reconnaissait personne, sa bouche prononça des paroles sans suite, dans lesquelles on distingua les noms de Tacite et de Fénelon.

Vers deux heures, la mort commençait de frapper à la porte : Nodier fut secoué par une crise violente, sa fille était penchée sur son chevet et lui tendait une tasse pleine d'une potion calmante, il ouvrit les yeux, regarda Marie et la reconnut à ses larmes, alors il prit la tasse de ses mains et but avec avidité le breuvage qu'elle contenait.

— Tu as trouvé celà bon? demanda Marie.

—Oh oui! mon enfant, comme tout ce qui vient de toi.

Et la pauvre Marie laissa tomber sa tête sur le chevet du lit, couvrant de ses cheveux le front humide du mourant.

—Oh! si tu restais ainsi, murmura Nodier, je ne mourrais jamais (1).

La mort frappait toujours.

Les extrémités commençaient à se refroidir; mais, au fur et à mesure que la vie remontait, elle se concentrait au

(1) Francis Wey a publié sur les derniers moments de Nodier une notice pleine d'intérêt, mais écrite pour les amis, et tirée à vingt-cinq exemplaires seulement.

cerveau, et faisait à Nodier un esprit
plus lucide qu'il ne l'avait jamais eu.

Alors, il bénit sa femme et ses enfants,
puis il demanda le quantième du mois.

Le 27 janvier, dit madame Nodier.

— Vous n'oublierez pas cette date,
n'est-ce pas, mes amis? dit Nodier.

Puis se tournant vers la fenêtre :

— Je voudrais bien voir encore une
fois le jour, fit-il avec un soupir.

Puis il s'assoupit.

Puis son souffle devint intermittent.

Puis enfin, au moment où le premier rayon du jour frappa les vitres, il rouvrit les yeux, fit des lèvres, fit du regard un signe d'adieu et expira.

Avec Nodier tout mourut à l'Arsenal, joie, vie et lumière; ce fut un deuil qui nous prit tous; chacun perdait une portion de lui-même en perdant Nodier.

Moi, pour mon compte, je ne sais comment dire cela, mais j'ai quelque chose de mort en moi depuis que Nodier est mort.

Ce quelque chose ne vit que lorsque je parle de Nodier.

Voilà pourquoi j'en parle si souvent.

Maintenant l'histoire qu'on va lire,
c'est celle que Nodier m'a racontée.

V

La famille d'Hoffmann.

Au nombre de ces ravissantes cités qui
s'éparpillent aux bords du Rhin, comme
les grains d'un chapelet dont le fleuve
serait le fil, il faut compter Manheim, la
seconde capitale du grand duché de
Bade, Manheim, la seconde résidence du
grand-duc.

Aujourd'hui que les bateaux à vapeur qui montent et descendent le Rhin passent à Manheim, aujourd'hui qu'un chemin de fer conduit à Manheim, aujourd'hui que Manheim, au milieu du pétillement de la fusillade, a secoué, les cheveux épars et la robe teinte de sang, l'étendard de la rébellion contre son grand-duc, je ne sais plus ce qu'est Manheim ; mais à l'époque où commence cette histoire, c'est-à-dire qu'il y a bientôt cinquante-six ans, je vais vous dire ce qu'elle était.

C'était la ville allemande par excellence, calme et politique à la fois, un peu

triste, ou plutôt un peu rêveuse; c'était
la ville des romans d'Auguste Lafontai-
ne et des poèmes de Goethe, d'Henriette
Belmann et de Werther.

En effet, il ne s'agit que de jeter un
coup d'œil sur Manheim, pour juger à
l'instant, en voyant ses maisons honnê-
tement alignées, sa division en quatre
quartiers, ses rues larges et belles où
pointe l'herbe, sa fontaine mythologique,
sa promenade ombragée d'un double
rang d'acacias qui la traverse d'un bout
à l'autre; pour juger, dis-je, combien la
vie serait douce et facile dans un semblable paradis, si parfois les passions amou-

reuses ou politiques n'y venaient mettre un pistolet à la main de Werther ou un poignard à la main de *Sand*.

Il y a surtout une place qui a un caractère tout particulier, c'est celle où s'élèvent à la fois l'église et le théâtre.

Eglise et théâtre ont dû être bâtis en même temps, probablement par le même architecte ; probablement encore vers le milieu de l'autre siècle, quand les caprices d'une favorite influaient sur l'art, à ce point que tout un côté de l'art prenait son nom, depuis l'église jusqu'à la petite maison, depuis la statue de

bronze de dix coudées jusqu'à la figurine
en porcelaine de Saxe.

L'église et le théâtre de Manheim sont
donc dans le style Pompadour.

L'église a deux niches extérieures :
dans l'une de ces deux niches est une
Minerve, et dans l'autre est une Hébé.

La porte du théâtre est surmontée de
deux sphinx. Ces deux sphinx représen-
tent, l'un la Comédie, l'autre la Tragé-
die.

Le premier de ces deux sphinx tient
sous sa patte un masque, le second un

poignard. Tous deux sont coiffés en ra-
cine droite avec un chignon poudré ; ce
qui ajoute merveilleusement à leur caractère égyptien.

Au reste toute la place, maisons con-
tournées, arbres frisés, murailles feston-
nées, est dans le même caractère, et forme un ensemble des plus réjouissants.

Eh bien ! c'est dans une chambre située au premier étage d'une maison dont
les fenêtres donnent de biais sur le portail de l'église des jésuites, que nous allons conduire nos lecteurs, en leur faisant seulement observer que nous les
rajeunissons de plus d'un demi-siècle,

et que nous en sommes comme millési-
me à l'an de grâce ou de disgrâ-
ce 1795, et comme quantième au dimanche dix du mois de mai. Tout est donc
en train de fleurir : les algues au bord
du fleuve, les marguerites dans la prai-
rie, l'aubépine dans les haies, la rose
dans les jardins, l'amour dans les
cœurs.

Maintenant, ajoutons ceci : C'est qu'un
des cœurs qui battaient le plus violem-
ment dans la ville de Manheim et dans
les environs, était celui du jeune homme
qui habitait cette petite chambre dont
nous venons de parler, et dont les fené-

tres donnaient de biais sur le portail de
l'église des jésuites.

Chambre et jeune homme méritent
chacun une description particulière.

La chambre, à coup sûr, était celle
d'un esprit capricieux et pittoresque
tout ensemble, car elle avait à la fois l'aspect d'un atelier, d'un magasin de musique et d'un cabinet de travail.

Il y avait une palette, des pinceaux et
un chevalet, et sur ce chevalet une es-
quisse commencée.

Il y avait une guitare, une viole d'amour et un piano, et sur ce piano une sonate ouverte.

Il y avait une plume, de l'encre et du papier, et sur ce papier un commencement de ballade griffonné.

Puis, le long des murailles, des arcs, des flèches, des arbalètes du quinzième siècle, des gravures du seizième, des instruments de musique du dix-septième, des bahuts de tous les temps, des pots à boire de toutes les formes, des aiguières de toutes les espèces, enfin des colliers de verre, des éventails de plumes, des lézards empaillés, des fleurs sèches, tout un monde enfin, mais tout un monde ne

valant pas vingt-cinq thalers de bon argent.

Celui qui habitait cette chambre était-
il un peintre, un musicien ou un poète ?
nous l'ignorons.

Mais à coup sûr, c'était un fumeur ;
car, au milieu de toutes ces collections,
la collection la plus complète, la plus en
vue, la collection occupant la place
d'honneur et s'épanouissant en soleil au-
dessus d'un vieux canapé, à la portée de
la main, était une collection de pipes.

Mais, quel qu'il fût, poète, musicien,
peintre ou fumeur, pour le moment, il

ne fumait, ni ne peignait, ni ne notait,
ni ne composait.

Non, il regardait.

Il regardait, immobile, debout, appuyé
contre la muraille, retenant son souffle ;
il regardait par sa fenêtre, ouverte, après
s'être fait un rempart du rideau, pour
voir sans être vu ; il regardait comme
on regarde, quand les yeux ne sont que
la lunette du cœur !

Que regardait-il ?

Un endroit parfaitement solitaire pour
le moment, le portail de l'église des jésuites.

Il est vrai que ce portail était solitaire parce que l'église était pleine.

Maintenant, quel aspect avait celui qui habitait cette chambre, celui qui regardait derrière ce rideau, celui dont le cœur battait ainsi en regardant ?

C'était un jeune homme de dix-huit ans tout au plus, petit de taille, maigre de corps, sauvage d'aspect. Ses longs cheveux noirs tombaient de son front jusqu'au-dessous de ses yeux, qu'ils voilaient quand il ne les écartait pas de la main, et, à travers le voile de ses cheveux, son regard brillait fixe et fauve, comme le regard d'un homme dont les facultés mentales ne doivent pas toujours demeurer dans un parfait équilibre.

Ce jeune homme, ce n'était ni un poète, ni un peintre, ni un musicien : c'était un composé de tout cela ; c'était la peinture, la musique et la poésie réunies ; c'était un tout bizarre, fantasque, bon et mauvais, brave et timide, actif et paresseux : ce jeune homme, enfin, c'était Ernest-Théodore-Guillaume Hoffmann.

Il était né par une rigoureuse nuit d'hiver, en 1776, tandis que le vent sifflait, tandis que la neige tombait, tandis que tout ce qui n'est pas riche souffrait ;

il était né à Kœnigsberg, au fond de la
Vieille-Prusse ; né si faible, si grêle, si
pauvrement bâti, que l'exiguité de sa
personne fit croire à tout le monde qu'il
était bien plus pressant de lui comman-
der une tombe que de lui acheter un berceau ; il était né la même année où Schiller écrivant son drame des *Brigands,*
signait : Schiller, *esclave, de Klopstock ;*
né au milieu d'une de ces vieilles familles bourgeoises comme nous en avions
en France du temps de la Fronde, comme il y en a encore en Allemagne, mais
comme il n'y en aura bientôt plus nulle
part; né d'une mère au tempérament
maladif, mais d'une résignation profon-

de, ce qui donnait à toute sa personne
souffrante l'aspect d'une adorable mélancolie; né d'un père à la démarche et à
l'esprit sévères, car ce père était conseil-
ler criminel et commissaire de justice
près le tribunal supérieur provincial.
Autour de cette mère et de ce père, il y
avait des oncles juges, des oncles baillis,
des oncles bourgmestres, des tantes jeunes encore, belles encore, coquettes encore : oncles et tantes, tous musiciens,
tous artistes, tous pleins de sève, tous
allègres. Hoffmann disait les avoir vus ;
il se les rappelait exécutant autour de
lui, enfant de six, de huit, de dix ans,
des concerts étranges où chacun jouait

d'un de ces vieux instruments dont on
ne sait même plus les noms aujourd'hui :
tympanons, rebèques, cithares, cistres,
violes d'amour, violes de gamba. Il est
vrai que personne autre qu'Hoffmann
n'avait jamais vu ces oncles musiciens,
ces tantes musiciennes, et qu'oncles et
tantes s'étaient retirés les uns après les
autres comme des spectres, après avoir
éteint, en se retirant, la lumière qui brûlait sur leurs pupitres.

De tous ces oncles, cependant, il en
restait un. De toutes ces tantes, cependant, il en restait une.

Cette tante, c'était un des souvenirs charmants d'Hoffmann.

Dans la maison où Hoffmann avait passé sa jeunesse, vivait une sœur de sa mère, une jeune femme aux regards suaves et pénétrant au plus profond de l'âme; une jeune femme douce, spirituelle, pleine de finesse qui, dans l'enfant que chacun tenait pour un fou, pour un maniaque, pour un enragé, voyait un esprit éminent qui plaidait seule, pour lui avec sa mère, bien entendu, qui lui prédisait le génie, la gloire; prédiction qui plus -d'une fois fit venir les larmes aux yeux de la mère d'Hoffmann; car elle savait que le compagnon inséparable du génie et de la gloire, c'est le malheur.

Cette tante c'était la tante Sophie.

Cette tante était musicienne comme toute la famille, elle jouait du luth. Quand Hoffmann s'éveillait dans son berceau, il s'éveillait inondé d'une vibrante harmonie ; quand il ouvrait les yeux il voyait la forme gracieuse de la jeune femme, mariée à son instrument. Elle était ordinairement vêtue d'une robe vert-d'eau avec des nœuds roses ; elle était ordinairement accompagnée d'un vieux musicien à jambes torses et à per-

ruque blanche qui jouait d'une basse
plus grande que lui , à laquelle il se
cramponnait , montant et descendant
comme fait un lézard le long d'une cour-
ge, c'est à ce torrent d'harmonie tombant
comme une cascade de perle des doigts
de la belle Euterpe , qu'Hoffmann avait
bu le philtre enchanté qui l'avait lui-même fait musicien.

Aussi la tante Sophie, avons-nous dit,
était un des charmants souvenirs d'Hoffmann.

Il n'en était pas de même de son oncle.

La mort du père d'Hoffmann, la maladie de sa mère , l'avaient laissé aux mains de cet oncle.

C'était un homme aussi exact que le pauvre Hoffmann était décousu , aussi bien ordonné que le pauvre Hoffmann était bizarrement fantasque, et dont l'esprit d'ordre et d'exactitude s'était éternellement exercé sur son neveu , mais toujours aussi inutilement que s'était exercé sur ses pendules l'esprit de l'empereur Charles-Quint : l'oncle avait beau faire, l'heure sonnait à la fantaisie du neveu, jamais à la sienne.

Au fond, ce n'était point cependant,

malgré son exactitude et sa régularité,
un trop grand ennémi des arts et de l'i-
magination, que cet oncle d'Hoffmann ;
il tolérait même la musique, la poésie et
la peinture ; mais il prétendait qu'un
homme sensé ne devait recourir à de
pareils délassements qu'après son dîner,
pour faciliter la digestion. C'était sur ce
thème qu'il avait réglé la vie d'Hoffmann : tant d'heures pour le sommeil,
tant d'heures pour l'étude du barreau,
tant d'heures pour le repas, tant de minutes pour la musique, tant de minutes
pour la peinture, tant de minutes pour
la poésie.

Hoffmann eût voulu retourner tout cela, lui, et dire tant de minutes pour le barreau, et tant d'heures pour la poésie, la peinture et la musique ; mais Hoffmann n'était pas le maître ; il en était résulté qu'Hoffmann avait pris en horreur le barreau et son oncle, et qu'un beau jour il s'était sauvé de Kœnigsberg avec quelques thalers en poche, avait gagné Heidelberg où il avait fait une halte de quelques instants, mais où il n'avait pu rester, vu la mauvaise musique que l'on faisait au théâtre.

En conséquence, de Heidelberg il avait gagné Manheim, dont le théâtre, près

duquel, comme on le voit, il s'était logé,
passait pour être le rival des scènes lyri-
ques de France et d'Italie ; nous disons
de France et d'Italie, parce qu'on n'ou-
bliera point que c'est cinq ou six ans
seulement avant l'époque à laquelle
nous sommes arrivés, qu'avait eu lieu,
à l'Académie royale de Musique, la grande lutte entre Gluck et Piccinini.

Hoffmann était donc à Manheim, où il
logeait près du théâtre, et où il vivait
du produit de sa peinture, de sa musique et de sa poésie , joint à quelques
frédérics d'or que sa bonne mère lui
faisait passer de temps en temps, au mo-

ment où, nous arrogeant le privilége du
Diable boiteux, nous venons de lever le
plafond de sa chambre et de le montrer
à nos lecteurs debout, appuyé à la muraille, immobile derrière son rideau,
haletant, les yeux fixés sur le portail de
l'église des jésuites.

VI

Un amoureux et un fou.

Au moment où quelques personnes,
sortant de l'église des jésuites, quoique
la messe fût à peine à moitié de sa cé-
lébration, rendaient l'attention d'Hoffmann plus vive que jamais, on heurta à
sa porte.

Le jeune homme secoua la tête et frappa du pied avec un mouvement d'impatience, mais ne répondit pas.

On heurta une seconde fois.

Un regard torve alla foudroyer l'indiscret à travers la porte.

On frappa une troisième fois.

Cette fois, le jeune homme demeura tout à fait immobile ; il était visiblement décidé à ne pas ouvrir.

Mais, au lieu de s'obstiner à frapper, le visiteur se contenta de prononcer un des prénoms d'Hoffmann.

— Théodore, dit-il.

— Ah! c'est toi, Zacharias Werner, murmura Hoffmann.

— Oui, c'est moi ; tiens-tu à être seul?

— Non, attends.

Et Hoffmann alla ouvrir.

Un grand jeune homme, pâle, maigre et blond, un peu effaré, entra. Il pouvait avoir trois ou quatre ans de plus qu'Hoffmann. Au moment où la porte s'ouvrait, il lui posa la main sur l'épaule et les lèvres sur le front, comme eût pu faire un frère aîné.

C'était, en effet, un véritable frère pour Hoffman. Né dans la même maison que lui, Zacharias Werner, le futur auteur de *Martin Luther*, de *l'Attila*, *du 24 février*, de *la Croix de la Baltique*, avait grandi sous la double protection de sa mère et de la mère d'Hoffmann.

Les deux femmes, atteintes toutes deux d'une affection nerveuse qui se termina par la folie, avaient transmis à leurs enfants cette maladie, qui, atténuée par la transmission, se traduisit en imagination fantastique chez Hoffmann, et en disposition mélancolique chez Zacharias La mère de ce dernier se croyait, à l'instar

de la Vierge, chargée d'une mission divine. Son enfant, son Zacharie, devait
être le nouveau Christ, le futur Siloé pro-
mis par les Ecritures. Pendant qu'il dormait, elle lui tressait des couronnes de
bleuets, dont elle ceignait son front ; elle
s'agenouillait devant lui, chantant, de sa
voix douce et harmonieuse, les plus
beaux cantiques de Luther, espérant à
chaque verset voir la couronne de bleuets
se changer en auréole.

Les deux enfants furent élevés ensemble ; c'était surtout parce que Zacharie
habitait Heidelberg, où il étudiait, que
Hoffmann s'était enfui de chez son oncle,

et à son tour Zacharie, rendant à Hoffmann amitié pour amitié, avait quitté
Heidelberg, et était venu rejoindre Hoffmann à Manheim, quand Hoffmann était
venu chercher à Manheim une meil-
leure musique que celle qu'il trouvait à
Heidelberg.

Mais une fois réunis, une fois à Manheim, loin de l'autorité de cette mère si
douce, les deux jeunes gens avaient pris
appétit aux voyages, ce complément
indispensable de l'éducation de l'étudiant allemand, et ils avaient résolu de
visiter Paris :

Werner, à cause du spectacle étrange

que devait présenter la capitale de la France au milieu de la période de terreur où elle était parvenue ;

Hoffmann pour comparer la musique française à la musique italienne, et surtout pour étudier les ressources de l'Opéra français, comme mise en scène et décors, Hoffmann ayant dès cette époque l'idée qu'il caressa toute sa vie de se faire directeur de théâtre.

Werner, libertin par tempérament, quoique religieux par éducation, comptait bien en même temps profiter pour son plaisir de cette étrange liberté de mœurs à laquelle on était arrivé en 1795,

et dont un de ses amis, revenu depuis
peu d'un voyage à Paris, lui avait fait
une peinture si séduisante, que cette
peinture avait tourné la tête du volup-
tueux étudiant.

Hoffmann comptait voir les musées
dont on lui avait dit forces merveilles,
et, flottant encore dans sa manière, comparer la peinture italienne à la peinture
allemande.

Quels que fussent d'ailleurs les motifs
secrets qui poussassent les deux amis, le
désir de visiter la France était égal chez
tous deux.

Pour accomplir ce désir, il ne leur manquait qu'une chose, l'argent.

Mais, par une coïncidence étrange, le hasard avait voulu que Zacharie et Hoffmann eussent le même jour reçu chacun de sa mère cinq frédérics d'or.

Dix frédérics d'or faisaient à peu près deux cents livres; c'était une jolie somme pour deux étudiants qui vivaient logés, chauffés et nourris, pour cinq thalers par mois. Mais cette somme était bien insuffisante pour accomplir le fameux voyage projeté.

Il était venu une idée aux deux jeunes

gens, et, comme cette idée leur était venue à tous deux à la fois, ils l'avaient
prise pour une inspiration du ciel :

C'était d'aller au jeu et de risquer chacun les cinq frédérics d'or.

Avec ces dix frédérics il n'y avait pas
de voyage possible. En risquant ces dix
frédérics, on pouvait gagner une somme
à faire le tour du monde.

Ce qui fut dit fut fait : la saison des
eaux approchait, et, depuis le 1er mai,
les maisons de jeu étaient ouvertes;
Werner et Hoffmann entrèrent dans une
maison de jeu.

Werner tenta le premier la fortune et perdit, en cinq coups, ses cinq frédérics d'or.

Le tour d'Hoffmann était venu.

Hoffmann hasarda en tremblant son premier frédéric d'or et gagna.

Encouragé par ce début, il redoubla. Hoffmann était dans un jour de veine ; il gagnait quatre coups sur cinq, et le jeune homme était de ceux qui ont confiance dans la fortune. Au lieu d'hésiter, il marcha franchement de parolis en parolis ; on eût pu croire qu'un pouvoir surnaturel le secondait : sans combinai-

son arrêtée, sans calcul aucun, il jetait
son or sur une carte, et son or se dou-
blait, se triplait, se quintuplait. Zacharie,
plus tremblant qu'un fiévreux, plus pâle
qu'un spectre, Zacharie murmurait : —
assez, Théodore, assez; — mais le joueur
raillait cette timidité puérile. L'or suivait l'or, et l'or engendrait l'or. Enfin,
deux heures du matin sonnèrent, c'était
l'heure de la fermeture de l'établisse-
ment, le jeu cessa ; les deux jeunes gens,
sans compter, prirent chacun une charge
d'or. Zacharie, qui ne pouvait croire que
toute cette fortune était à lui, sortit le
premier; Hoffmann allait le suivre, quand
un vieil officier, qui ne l'avait pas perdu

de vue pendant tout le temps qu'il avait
joué, l'arrêta comme il allait franchir le
seuil de la porte.

— Jeune homme, dit-il en lui posant la
main sur l'épaule et en le regardant
fixément, si vous y allez de ce train-là,
vous ferez sauter la banque, j'en con-
viens ; mais quand la banque aura sauté,
vous n'en serez qu'une proie plus sûre
pour le diable.

Et, sans attendre la réponse d'Hoffmann, il disparut. Hoffmann sortit à son
tour, mais il n'était plus le même. La
prédiction du vieux soldat l'avait re-
froidi comme un bain glacé, et cet or,

dont ses poches étaient pleines, lui pesait. Il lui semblait porter son fardeau d'iniquités.

Werner l'attendait joyeux. Tous deux revinrent ensemble chez Hoffmann, l'un riant, dansant, chantant ; l'autre rêveur, presque sombre.

Celui qui riait, dansait, chantait, c'était Werner ;

Celui qui était rêveur et presque sombre, c'était Hoffmann.

Tous deux, au reste, décidèrent de partir le lendemain soir pour la France.

Ils se séparèrent en s'embrassant.

Hoffmann resté seul, compta son or.

Il avait cinq mille thalers, vingt-trois ou vingt-quatre mille francs.

Il réfléchit longtemps et sembla prendre une résolution difficile.

Pendant qu'il réfléchissait à la lueur d'une lampe de cuivre éclairant la chambre, son visage était pâle et son front ruisselait de sueur.

A chaque bruit qui se faisait autour de lui, ce bruit fût-il aussi insaisissable que le frémissement de l'aile du moucheron, Hoffmann tressaillait, se retournait et regardait autour de lui avec terreur.

La prédiction de l'officier lui revenait à l'esprit, il murmurait tout bas des vers de Faust, et il lui semblait voir sur le seuil de la porte, le rat rongeur; dans l'angle de sa chambre, le barbet noir.

Enfin son parti fut pris.

Il mit à part mille thalers qu'il regardait comme la somme grandement nécessaire pour son voyage, fit un paquet des quatre mille autres thalers; puis, sur le paquet, colla une carte avec de la cire et écrivit sur cette carte :

A M. le bourgmestre de Kœnigsberg, pour être partagés entre les familles les plus pauvres de la ville.

Puis, content de la victoire qu'il venait de remporter sur lui-même, rafraîchi par ce qu'il venait de faire, il se déshabilla, se coucha, et dormit tout d'une pièce jusqu'au lendemain à sept heures du matin.

A sept heures il se réveilla, et son premier regard fut pour ses mille thalers visibles et ses quatre mille thalers cachetés. Il croyait avoir fait un rêve.

La vue des objets l'assura de la réalité de ce qui était arrivé la veille.

Mais ce qui était une réalité, surtout pour Hoffmann, quoi qu'aucun objet matériel ne fût là pour la lui rappeler, c'était la prédiction du vieil officier.

Aussi, sans regret aucun s'habilla-t-il comme de coutume; et prenant ses quatre mille thalers sous son bras, alla-t-il les porter lui-même à la diligence de Kœnisberg, après avoir pris le soin cependant de serrer les mille thalers restant dans son tiroir.

Puis, comme il était convenu, on s'en souvient, que les deux amis partiraient le même soir pour la France,

Hoffmann se mit à faire ses préparatifs de voyage.

Tout en allant, tout en venant, tout en époussetant un habit, en pliant une chemise, en assortissant deux mouchoirs, Hoffmann jeta les yeux dans la rue et demeura dans la pose où il était.

Une jeune fille de seize à dix-sept ans, charmante, étrangère bien certainement à la ville de Manheim, puisque Hoffmann ne la connaissait pas, venait de l'extrémité opposée de la rue et s'acheminait vers l'église.

Hoffmann, dans ses rêves de poète,

de peintre et de musicien, n'avait jamais rien vu de pareil.

C'était quelque chose qui dépassait, non seulement tout ce qu'il avait vu, mais encore tout ce qu'il espérait voir.

Et cependant, à la distance où il était, il ne voyait qu'un ravissant ensemble : les détails lui échappaient.

La jeune fille était accompagnée d'une vieille servante.

Toutes deux montèrent lentement les marches de l'église des jésuites, et disparurent sous le portail.

Hoffmann laissa sa malle à moitié

faite, un habit lie-de-vin à moitié battu,
sa redingote à brandebourgs à moitié
pliée, et resta immobile derrière son rideau.

C'est là que nous l'avons trouvé, attendant la sortie de celle qu'il avait vue
entrer.

Il ne craignait qu'une chose : c'est que
ce ne fût un ange, et qu'au lieu de sortir
par la porte, elle ne s'envolât par la fenêtre pour remonter aux cieux.

C'est dans cette situation que nous l'a-
vons pris, et que son ami Zacharias
Werner vint le prendre après nous.

Le nouveau venu appuya du même coup, comme nous l'avons dit, sa main sur l'épaule et ses lèvres sur le front de son ami.

Puis il poussa un énorme soupir.

Quoique Zacharias Werner fût toujours très pâle, il était cependant encore plus pâle que d'habitude.

— Qu'as-tu donc? lui demanda Hoffmann avec une inquiétude réelle.

— Oh! mon ami! s'écria Werner... Je suis un brigand! je suis un misérable! je mérite la mort... fends-moi la tête avec une hache... perce-moi le cœur avec une

flèche. Je ne suis plus digne de voir la
lumière du ciel.

— Bah! demanda Hoffmann avec sa
placide distraction de l'homme heureux;
qu'est-il donc arrivé, cher ami?

— Il est arrivé... ce qui est arrivé, n'est-
ce pas... tu me demandes ce qui est
arrivé?... Eh bien! mon ami, le diable
m'a tenté!

— Que veux-tu dire?

— Que quand j'ai vu tout mon or ce
matin, il y en avait tant, qu'il me semble
que c'est un rêve.

— Comment ! un rêve ?

— Il y en avait une pleine table, toute couverte, continua Werner. Eh bien ! quand j'ai vu cela, une véritable fortune, mille frédérics d'or, mon ami. Eh bien ! quand j'ai vu cela, quand de chaque pièce j'ai vu rejaillir un rayon, la rage m'a repris, je n'ai pas pu y résister, j'ai pris le tiers de mon or et j'ai été au jeu.

— Et tu as perdu ?

— Jusqu'à mon dernier kreutzer.

— Que veux-tu ? c'est un petit malheur, puisqu'il te reste les deux tiers.

— Ah bien oui, les deux tiers ! Je suis revenu chercher le second tiers, et...

— Et tu l'as perdu comme le premier?

— Plus vite, mon ami, plus vite.

— Et tu es revenu chercher ton troisième tiers?

— Je ne suis pas revenu, j'ai volé; j'ai pris les 1,500 thalers restant, et je les ai posés sur la rouge.

— Alors, dit Hoffmann, la noire est sortie, n'est-ce pas?

— Ah! mon ami, la noire, l'horrible noire, sans hésitation, sans remords, comme si en sortant elle ne m'enlevait pas mon dernier espoir. Sortie, mon ami, sortie.

— Et tu ne regrettes les milles frédérics qu'à cause du voyage ?

— Pas pour autre chose. Oh! si j'eusse seulement mis de côté de quoi aller à Paris, — cinq cents thalers !

— Tu te consolerais d'avoir perdu le reste ?

— A l'instant même.

— Eh bien ! qu'à cela ne tienne, mon cher Zacharias, dit Hoffmann; en le conduisant vers son tiroir ; tiens, voilà les cinq cents thalers, pars.

— Comment ! que je parte ? s'écria Werner, et toi !

— Oh ! moi, je ne pars plus.

— Comment ! tu ne pars plus ?

— Non, pas dans ce moment-ci, du moins.

— Mais pourquoi ? pour quelle raison ? qui t'empêche de partir ? qui te retient à Manheim ?

Hoffmann entraîna vivement son ami

vers la fenêtre. On commençait à sortir de l'église, la messe était finie.

— Tiens, regarde, regarde, dit-il en désignant du doigt quelqu'un à l'attention de Werner.

Et en effet, la jeune fille inconnue apparaissait au haut du portail, descendant lentement les degrés de l'église, son livre de messe posé contre sa poitrine, sa tête baissée, modeste et pensive comme la Marguerite de Goëthe.

— Vois-tu, murmurait Hoffmann, vois-tu ?

— Certainement que je vois

— Eh bien, que dis-tu ?

— Je dis qu'il n'y a pas de femme au
monde qui vaille qu'on lui sacrifie le
voyage de Paris, fût-ce la belle Antonia,
fût-ce la fille du vieux Gottlieb Murr,
le nouveau chef d'orchestre du théâtre
de Manheim.

— Tu la connais donc ?

— Certainement.

— Tu connais donc son père ?

— Il était chef d'orchestre au théâtre
de Francfort.

— Et tu peux me donner une lettre pour lui ?

— A merveille !

— Mets-toi là, Zacharias, et écris.

Zacharias se mit à la table et écrivit.

Au moment de partir pour la France, il recommandait son jeune ami Thé-dore Hoffmann à son vieil ami Gottlieb Murr.

Hoffmann donna à peine à Zacharias le temps d'achever sa lettre, la signature apposée, il la lui prit et, embrassant son ami, il s'élança hors de la chambre.

— C'est égal, lui cria une dernière fois Zacharias Werner, tu verras qu'il n'y a pas de femme, si jolie qu'elle soit, qui puisse te faire oublier Paris.

Hoffmann entendit les paroles de son ami, mais il ne jugea pas même à propos de se retourner pour lui répondre, même par un signe d'approbation ou d'improbation.

Quant à Zacharias Werner, il mit ses cinq cents thalers dans sa poche, et, pour n'être plus tenté par le démon du jeu, il courut aussi vite, vers l'hôtel des messageries, que Hoffmann courait vers la maison du vieux chef d'orchestre.

Hoffmann frappait à la porte de maître Gottlieb Murr, juste au même moment où Zacharias Werner montait dans la diligence de Strasbourg.

VII

Ce fut le chef d'orchestre qui vint ouvrir en personne à Hoffmann.

. Hoffmann n'avait jamais vu maître
Gottlieb, et cependant il le reconnut.

Cet homme, tout grotesque qu'il était,

ne pouvait être qu'un artiste, et même un grand artiste.

C'était un petit vieillard de cinquante-cinq à soixante ans, ayant une jambe tordue, et cependant ne boitant pas trop de cette jambe qui ressemblait à un tire-bouchon. Tout en marchant, ou plutôt tout en sautillant, et son sautillement ressemblait fort à celui d'un hochequeue, tout en sautillant et en devançant les gens qu'il introduisait chez lui, il s'arrêtait, faisait une pirouette sur sa jambe torse, ce qui lui donnait l'air d'enfoncer une vrille dans la terre, et continuait son chemin.

Tout en le suivant, Hoffmann l'exa-
minait et gravait dans son esprit un de
ces fantastiques et merveilleux portraits
dont il nous a donné, dans ses œuvres,
une si complète galerie.

Le visage du vieillard était enthousiaste, fin et spirituel à la fois, recou-
vert d'une peau parcheminée, mouche-
tée de rouge et de noir comme une
page de plain-chant. Au milieu de cet
étrange faciès brillaient deux yeux vifs
dont on pouvait d'autant mieux apprécier le regard aigu, que les lunettes
qu'il portait et qu'il n'abandonnait jamais, même dans son sommeil, étaient

constamment relevées sur son front,
ou abaissées sur le bout de son nez.
C'était seulement quant il jouait du violon en redressant la tête et en regardant à distance, qu'il finissait par uti-
liser ce petit meuble qui paraissait être
chez lui plutôt un objet de luxe que de
nécessité.

Sa tête était chauve et constamment
abritée sous une calotte noire, qui était
devenue une partie inhérente à sa personne. — Jour et nuit maître Gottlieb
apparaissait aux visiteurs avec sa calotte. Seulement lorsqu'il sortait, il se
contentait de la surmonter d'une petite

perruque à la Jean-Jacques. De sorte
que la calotte se trouvait prise entre le
crâne et la perruque. Il va sans dire
que jamais maître Gottlieb ne s'inquié-
tait le moins du monde de la portion
de velours qui apparaissait sous ses faux
cheveux, lesquels ayant plus d'affinité
avec le chapeau qu'avec la tête, accom-
pagnaient le chapeau dans son excur-
sion aérienne, toutes les fois que maître
Gottlieb saluait.

Hoffmann regarda tout autour de lui,
mais ne vit personne.

Il suivit donc maître Gottlieb où mai-
tre Gottlieb qui, comme nous l'avons

dit, marchait devant lui, voulut le mener.

Maître Gottlieb s'arrêta dans un grand cabinet plein de partitions empilées et de feuilles de musique volante ; sur une table étaient dix ou douze boîtes plus ou moins ornées, ayant toutes cette forme à laquelle un musicien ne se trompe pas, c'est-à-dire la forme d'un étui de violon.

Pour le moment, maître Gottlieb était en train de disposer pour le théâtre de Manheim, sur lequel il voulait faire un essai de musique italienne, le *Matrimonio segreto*, de Cimarosa.

Un archet, comme la batte d'Arle-
quin, était passé dans sa ceinture, ou
plutôt maintenu par le gousset bou-
tonné de sa culotte, une plume se dres-
sait fièrement derrière son oreille, et
ses doigts étaient tachés d'encre.

De ces doigts tachés d'encre il prit
la lettre que lui présentait Hoffmann,
puis, jetant un coup-d'œil sur l'adresse,
et reconnaissant l'écriture :

— Ah! Zacharias Werner, dit-il,
poète, poète celui-là, mais joueur. Puis,
comme si la qualité corrigeait un peu
le défaut, il ajouta : Joueur, joueur,
mais poète.

Puis, décachetant la lettre :

— Parti, n'est-ce pas, parti ?

— Il part, Monsieur, en ce moment même.

— Dieu le conduise, ajouta Gottlieb en levant les yeux au ciel, comme pour recommander son ami à Dieu. Mais il a bien fait de partir. Les voyages forment la jeunesse et si je n'avais pas voyagé, je ne connaîtrais pas, moi, l'immortel Paësiello, le divin Cimarosa.

— Mais dit Hoffmann, vous n'en cou-

naîtriez pas moins bien leurs œuvres,
maître Gottlieb.

— Oui, leurs œuvres, certainement;
mais qu'est-ce que connaître l'œuvre
sans l'artiste? c'est connaître l'âme sans
le corps; l'œuvre, c'est le spectre, c'est
l'apparition; l'œuvre, c'est ce qui reste
de nous après notre mort. Mais le corps,
voyez-vous, c'est ce qui a vécu; vous ne
comprendrez jamais entièrement l'œuvre d'un homme, si vous n'avez pas
connu l'homme lui-même.

Hoffmann, fit un signe de la tête.

— C'est vrai, dit-il, et je n'ai jamais

apprécié complètement Mozart qu'après avoir vu Mozart.

— Oui, oui, dit Gottlieb, Mozart a du bon; mais pourquoi a-t-il du bon? parce qu'il a voyagé en Italie. La musique allemande, jeune homme, c'est la musique des hommes; mais retenez bien ceci, la musique italienne, c'est la musique des Dieux.

— Ce n'est pourtant pas, reprit Hoffmann en souriant, ce n'est pourtant pas en Italie que Mozart a fait *le Mariage de Figaro* et *Don Juan*, puisqu'il a fait l'un à Vienne pour l'empereur, l'autre à Prague pour le théâtre-Italien.

— C'est vrai, jeune homme, c'est vrai,
et j'aime à voir en vous cet esprit natio-
nal qui vous fait défendre Mozart. Oui,
certainement, si le pauvre diable eût
vécu, et s'il eût fait encore un ou deux
voyages en Italie, c'eût été un maître,
un très grand maître. Mais ce *Don Juan*,
dont vous parlez, ce *Mariage de Figaro*,
dont vous parlez, sur quoi les a-t-ils
faits? sur des libretti italiens, sur des
paroles italiennes, sous un reflet du
soleil de Bologne, de Rome ou de Naples. Croyez-moi, jeune homme, ce soleil, il faut l'avoir vu, l'avoir senti pour
l'apprécier à sa valeur. Tenez, moi, j'ai
quitté l'Italie depuis quatre ans; depuis

quatre ans je grelotte, excepté quand
je pense à l'Italie; la pensée seule de
l'Italie me réchauffe; je n'ai plus besoin de manteau quand je pense à l'I-
talie; je n'ai plus besoin d'habit, je
n'ai plus besoin de calotte même. Le
souvenir me ravive : ô musique de Bologne! ô soleil de Naples! oh!..

Et la figure du vieillard exprima, un
moment, une béatitude suprême, et tout
son corps parut frissonner d'une jouis-
sance infinie, comme si les torrents du
soleil méridional, inondant encore sa
tête, ruisselaient de son front chauve
sur ses épaules, et de ses épaules sur
toute sa personne.

Hoffmann se garda bien de le tirer de son extase, seulement il en profita pour regarder tout autour de lui, espérant toujours voir Antonia. Mais les portes étaient fermées et l'on n'entendait aucun bruit, derrière aucune de ces portes, qui y décélât la présence d'un être vivant.

Il lui fallut donc revenir à maître Gottlieb, dont l'extase se calmait peu à peu, et qui finit par en sortir avec une espèce de frissonnement.

— Brrrrou! jeune homme, dit-il, et vous dites donc?

Hoffmann tressaillit.

— Je dis, maître Gottlieb, que je

viens de la part de mon ami Zacharias
Werner lequel m'a parlé de votre bonté
pour les jeunes gens, et comme je suis
musicien...

— Ah! vous êtes musicien?

— Et Gottlieb se redressa, releva la
tête, la renversa en arrière et à travers
ses lunettes, momentanément posées
sur les derniers confins de son nez, il
regarda Hoffmann.

— Oui, oui, ajouta-t-il, tête de musicien, front de musicien, œil de musicien, et qu'êtes-vous? compositeur ou
instrumentiste?

— L'un et l'autre, Maître Gottlieb.

— L'un et l'autre ! dit maître Gottlieb, l'un et l'autre ! cela ne doute de rien, ces jeunes gens. Il faudrait la vie tout d'un homme, de deux hommes, de trois hommes, pour être seulement l'un ou l'autre, et ils sont l'un et l'autre.

Et il fit un tour sur lui-même, levant les bras au ciel et ayant l'air d'enfoncer dans le parquet le tire-bouchon de sa jambe droite.

Puis, après la pirouette achevée, s'arrêtant devant Hoffmann :

— Voyons, jeune présomptueux, dit-il, qu'as-tu fait en composition.

— Mais des sonates, des chants sacrés, des quintettis :

Des sonates après Sébastien Bach! des chants sacrés après Pergolèse! des quintetti après François-Joseph Haydn! Ah! jeunesse! jeunesse!

Puis, avec un sentiment de profonde pitié :

— Et comme instrumentiste, continua-t-il, comme instrumentiste? de quel instrument jouez-vous?

— De tous à peu près, depuis le re-

bec jusqu'au clavecin, depuis la viole
d'amour jusqu'au théorbe; mais l'instrument dont je me suis particulièrement occupé, c'est du violon.

— En vérité, dit maître Gottlieb d'un
air railleur, en vérité tu lui as fait
cet honneur-là, au violon! c'est ma foi
bien heureux pour lui, pauvre violon!
Mais, malheureux, ajouta-t-il en revenant vers Hoffmann en sautillant
sur une seule jambe pour aller plus
vite, sais-tu ce que c'est que le violon? Le violon! et maître Gottlieb ba-
lança son corps sur cette seule jambe
dontnous avons parlé, l'autre restant en

l'air comme celle d'une grue, le violon ! mais c'est le plus difficile de tous les instruments. le violon a été inventé par Satan lui-même pour damner l'homme, quand Satan a été au bout de ses inventions. Avec le violon vois-tu, Satan a perdu plus d'âmes qu'avec les sept péchés capitaux réunis. Il n'y a que l'immortel Tartini, Tartini, mon maître, mon héros, mon dieu, il n'y a que lui qui ait jamais atteint la perfection sur le violon; mais lui seul sait ce qu'il lui a coûté dans ce monde et dans l'autre pour avoir joué toute une nuit avec le violon du diable lui-même, et pour avoir gardé son archet Oh! le

violon! sais-tu malheureux profanateur,
que cet instrument cache sous sa simpli-
cité presque misérable, les plus inépui-
sables trésors d'harmonie qu'il soit possible à l'homme de boire à la coupe des
dieux. As-tu étudié ce bois, ces cordes,
cet archet, ce crin, ce crin surtout;
espères-tu réunir, assembler, dompter
sous les doigts ce tout merveilleux, qui
depuis deux siècles résiste aux efforts
des plus savants, qui se plaint, qui
gémit, qui se lamente sous leurs doigts,
et qui n'a jamais chanté que sous les
doigts de l'immortel Tartini, mon maître? Quand tu as pris un violon pour
la première fois, as-tu bien pensé à ce

que tu faisais, jeune homme? Mais tu
n'es pas le premier, ajouta maître
Gottlieb avec un soupir tiré du plus
profond de ses entrailles, et tu ne seras
pas le dernier que le violon aura perdu, violon, tentateur éternel! d'autres
que toi aussi ont cru à leur vocation,
et ont perdu leur vie à râcler le boyau,
et tu vas augmenter le nombre de ces
malheureux, déjà si nombreux, si inu-
tiles à la société, si insupportables à
leurs semblables.

Puis tout-à-coup, et sans transition
aucune, saisissant un violon et un archet
comme un maître d'escrime prend deux

fleurets, et les présentant à Hoffmann :

— Eh bien! dit-il d'un air de défi, joue-
moi quelque chose; voyons, joue, et je te
dirai où tu en es, et, s'il est encore temps
de te retirer du précipice, je t'en tire-
rai, comme j'en ai tiré le pauvre Zacharias Werner. Il en jouait aussi lui,
du violon; il en jouait avec fureur, avec
rage. Il rêvait des miracles, mais je lui
ai ouvert l'intelligence. Il brisa son violon en morceaux, et il en fit du feu. Puis
je lui mis une basse entre les mains,
et cela acheva de le calmer. Là, il y
avait de la place pour ses longs doigts
maigres. Au commencement, il leur

faisait faire dix lieues à l'heure, et maintenant, — maintenant, il joue suffisamment de la basse pour souhaiter la fête à son oncle, tandis qu'il n'eût jamais joué du violon que pour souhaiter la fête au diable. Allons, allons, jeune homme, voici un violon, montre-moi ce que tu sais faire.

Hoffmann prit le violon et l'examina.

—Oui, oui, dit maître Gottlieb, tu examines de qui il est, comme le gourmet flaire le vin qu'il va boire. Pince une corde, une seule, et si ton oreille ne te dit pas le nom de celui qui a fait le violon, tu n'es pas digne de le toucher.

Hoffmann pinça une corde qui rendit un son vibrant prolongé, frémissant.

— C'est un Antonio Stradivarius, dit-il.

— Allons, pas mal; mais de quelle époque de la vie de Stradivarius? Voyons un peu; il en a fait beaucoup de violons de 1698 à 1728.

— Ah! quant à cela, dit Hoffmann, j'avoue mon ignorance, et il me semble impossible...

—Impossible! blasphémateur; impossible: c'est comme si tu me disais, malheureux qu'il est impossible de reconnaître

l'âge du vin en le goûtant. Ecoute bien :
aussi vrai que nous sommes aujourd'hui
le 10 mai 1793, ce violon a été fait pendant
le voyage que l'immortel Antonio fit de
Crémone à Mantoue en 1705, et où il
laissa son atelier à son premier élève.
Aussi, vois-tu, ce Stradivarius là, je
suis bien aise de te le dire, n'est que
de troisième ordre ; mais j'ai bien peur
que ce ne soit encore trop bon pour un
pauvre écolier comme toi. Va, va, va.

Hoffmann épaula le violon et, non sans
un vif battement de cœur, commença
des variations sur le thème de *Don
Juan* :

La si Durem' la mano.

Maître Gottlieb était debout près
d'Hoffmann, battant à la fois la mesure
avec sa tête et avec le bout du pied de
sa jambe torse. A mesure qu'Hoffmann jouait, sa figure s'animait, ses yeux
brillaient, sa mâchoire supérieure mordait la lèvre inférieure, et aux deux côtés
de cette lèvre aplatie, sortaient deux
dents, que dans la position ordinaire
elle était destinée à cacher, mais qui
en ce moment se dressaient comme
deux défenses de sanglier, Enfin, un
allegro, dont Hoffmann triompha assez
vigoureusement, lui attira de la part
de maître Gottlieb un mouvement de

tête qui ressemblait presque à un signe d'approbation.

Hoffmann finit par un démanché qu'il
croyait des plus brillants, mais qui,
loin de satisfaire le vieux musicien, lui
fit faire une affreuse grimace.

Cependant sa figure se rasséréna peu à
peu, et frappant sur l'épaule du jeune
homme :

— Allons, allons, dit-il, c'est moins
mal que je ne croyais; quand tu auras
oublié tout ce que tu as appris, quand tu
ne feras plus de ces bonds à la mode,
quand tu ménageras ces traits sautil-

lants et ces démanchés criards, on fera
quelque chose de toi.

Cet éloge, de la part d'un homme
aussi difficile que le vieux musicien,
ravit Hoffmann. Puis il n'oubliait pas,
tout noyé qu'il était dans l'océan mu-
sical, que maître Gottlieb était le père
de la belle Antonia.

Aussi, prenant au bond les paroles
qui venaient de tomber de la bouche du
vieillard :

— Et qui se chargera de faire quelque chose de moi? demanda-t-il, est-
ce vous, maître Gottlieb?

— Pourquoi pas, jeune homme, pourquoi pas, si tu veux écouter le vieux Murr?

— Je vous écouterai, maître, et tant que vous voudrez.

— Oh! murmura le vieillard avec mélancolie, car son regard se rejetait dans le passé, car sa mémoire remontait les ans révolus, c'est que j'en ai bien connu, des virtuoses! j'ai connu Corelli, par tradition, c'est vrai; c'est lui qui a ouvert la route, qui a frayé le chemin; il faut jouer à la manière de Tartini ou y renoncer. Lui, le premier, il a deviné que le violon était,

sinon un Dieu, du moins le temple
d'où un Dieu pouvait sortir. Après lui
vient Pugnani, violon passable, in-
telligent, mais mou, trop mou, surtout
dans certains *appogiamenti* ; puis Germi-
niani, vigoureux celui-là, mais vigoureux par boutades sans transitions ;
j'ai été à Paris exprès pour le voir,
comme tu veux, toi, aller à Paris
pour voir l'Opéra : un maniaque, mon
ami, un somnambule, mon enfant,
un homme qui gesticulait en rêvant,
entendant assez bien le *tempo rubato*,
fatal *tempo rubato*, qui tue plus d'instru-
mentistes que la petite vérole, que
la fièvre jaune, que la peste. Alors

je lui jouai mes sonates à la manière de l'immortel Tartini, mon maître, et alors il avoua son erreur. Malheureusement, l'élève était enfoncé jusqu'au cou dans sa méthode. Il avait soixante-onze ans, le pauvre enfant ! Quarante ans plus tôt, je l'eusse sauvé, comme Giardini ; celui-là, je l'avais pris à temps ; mais, malheureusement, il était incorrigible ; le diable en personne s'était emparé de sa main gauche, et alors il allait, il allait, il allait un tel train, que sa main droite ne pouvait pas le suivre. C'étaient des extravagances, des sautillements, des démanchés à donner la danse de Saint-Guy à un Hollandais.

Aussi, un jour qu'en présence de Jomelli, il gâtait un morceau magnifique, le bon Jomelli, qui était le plus brave homme du monde, lui allongea-t-il un si rude soufflet, que Giardini en eut la joue enflée pendant un mois, Jomelli le poignet luxé pendant trois semaines. C'est comme Lulli, un fou, un véritable fou, un danseur de corde, un faiseur de sauts périlleux, un équilibriste sans balancier et auquel on devrait mettre dans la main un balancier au lieu d'un archet. Hélas! hélas! hélas! s'écria douloureusement le vieillard, je le dis avec un profond désespoir, avec Nardini et avec moi s'éteindra le bel art de jouer du violon.

Cet art, avec lequel notre maître à tous,
Orpheus, attirait les animaux, remuait
les pierres et bâtissait les villes. Au lieu
de bâtir comme le violon divin, nous dé-
molissons comme les trompettes maudi-
tes. Si les Français entrent jamais en Allemagne, ils n'auront, pour faire tomber
les murailles de Philipsbourg qu'ils ont
assiégé tant de fois, ils n'auront qu'à
faire exécuter, par quatre violons de ma
connaissance, un concert devant ces
portes.

Le vieillard reprit haleine et ajouta
d'un ton plus doux :

— Je sais bien qu'il y a Viotti, un de

mes élèves, un enfant plein de bonnes
dispositions, mais impatient, mais dé-
vergondé, mais sans règle. Quant à
Giarnowicki, c'est un fat et un ignorant,
et la première chose que j'ai dite à ma
vieille Lisbeth, c'était, si elle entendait
jamais ce nom-là prononcé à ma porte,
de fermer ma porte avec acharnement.
Il y a trente ans que Lisbeth est avec
moi, eh bien! je vous le dis, jeune
homme, je chasse Lisbeth, si elle laisse
entrer chez moi Giarnowicki; un Sar-
mate, un Welche, qui s'est permis de
dire du mal du maître des maîtres, de
l'immortel Tartini. Oh! à celui qui m'ap-
portera la tête de Giarnowicki je pro-

mets des leçons et des conseils tant qu'il en voudra. Quant à toi, mon garçon, continua le vieillard en revenant à Hoffmann, quant à toi tu n'es pas fort, c'est vrai; mais Rode et Krutzer, mes élèves, n'étaient pas plus forts que toi : Quant à toi, je disais donc qu'en venant chercher maître Gottlieb, qu'en t'adressant à maître Gottlieb, qu'en te faisant recommander à lui par un homme qui le connaît et qui l'apprécie, par le fou de Zacharias Werner, tu prouves qu'il y a dans cette poitrine-là un cœur d'artiste. Aussi maintenant, jeune homme, voyons ce n'est plus un *Antonio Stradivarius* que je veux mettre entre les

mains, non, ce n'est même plus un Gramulo, ce vieux maître, que l'immortel
Tartini estimait si fort, qu'il ne jouait
jamais que sur des Gramulo; non, c'est
sur un Antonio Amati, c'est sur l'aïeul,
c'est sur l'ancêtre, c'est sur la tige première de tous les violons qui ont été
faits, c'est sur l'instrument qui sera la
dot de ma fille Antonia, que je veux
t'entendre, c'est l'arc d'Ulysse, vois-tu,
et qui pourra bander l'arc d'Ulysse est
digne de Pénélope.

Et alors le vieillard ouvrit la boîte de
velours toute galonnée d'or, et en tira
un violon comme il semblait qu'il ne

dût jamais avoir existé de violons, et
comme Hoffmann seul, peut-être, se
rappelait en avoir vu dans les concerts
fantastiques de ses grands oncles et de
ses grandes-tantes.

Puis il s'inclina sur l'instrument vénérable, et le présentant à Hoffmann :

— Prends, dit-il, et tâche de ne pas
être trop indigne de lui.

Hoffmann s'inclina, prit l'instrument
avec respect, et commença une vieille
étude de Sébastien Bach.

— Bach, Bach, murmura Gottlieb;

passe encore pour l'orgue, mais il n'entendait rien au violon. N'importe.

Au premier son qu'Hoffmann avait tiré de l'instrument, il avait tressailli, car lui, l'éminent musicien, il comprenait quel trésor d'harmonie on venait de mettre entre ses mains.

L'archet, semblable à un arc tant il était courbé, permettait à l'instrumentiste d'embrasser les quatre cordes à la fois, et la dernière de ces cordes s'élevait à des tons célestes si merveilleux, que jamais Hoffmann n'avait pu songer qu'un son si divin s'éveillât sous une main humaine.

Pendant ce temps, le vieillard se tenait près de lui, la tête renversée en
arrière, les yeux clignotants, disant pour
tout encouragement :

— Pas mal, pas mal, jeune homme ;
la main droite ; la main droite, la main
gauche n'est que le mouvement, la main
droite c'est l'âme. Allons, de l'âme !
de l'âme, de l'âme !!!

Hoffmann sentait bien que le vieux
Gottlieb avait raison et il comprenait,
comme il lui avait dit à la première
épreuve, qu'il fallait désapprendre tout
ce qu'il avait appris ; et, par une transition insensible, mais soutenue, mais

croissante, il passait du pianissimo au
fortissimo, de la caresse à la menace,
de l'éclair à la foudre, et il se perdait
dans un torrent d'harmonie qu'il soulevait comme un nuage, et qu'il laissait
retomber en cascades murmurantes, en
perles liquides, en poussière humide, et
il était sous l'influence d'une situation
nouvelle, d'un état touchant à l'extase,
quand tout-à-coup sa main gauche s'af-
faissa sur les cordes, l'archet mourut
dans sa main, le violon glissa de sa poitrine, ses yeux devinrent fixes et ardents.

La porte venait de s'ouvrir, et dans

la glace devant laquelle il jouait, Hoffmann avait vu apparaître pareille à une
ombre évoquée par une harmonie céleste, la belle Antonia, la bouche entr'ouverte, la poitrine oppressée, les
yeux humides...

Hoffmann jeta un cri de plaisir, et
maître Gottlieb n'eut que le temps de
retenir le vénérable Antonio Amati qui
s'échappait de la main du jeune instrumentiste.

VIII

Antonia.

Antonia avait paru mille fois plus belle encore à Hoffmann au moment où il lui avait vu ouvrir la porte et en franchir le seuil, qu'au moment où il lui avait vu descendre les degrés de l'église.

C'est que dans la glace où la jeune
fille venait de réfléchir son image et qui
était à deux pas seulement d'Hoffmann,
Hoffmann avait pu détailler d'un seul
coup-d'œil toutes les beautés qui lui
avaient échappé à distance.

Antonia avait dix-sept ans à peine;
elle était de taille moyenne, plutôt
grande que petite, mais si mince sans
maigreur, si flexible sans faiblesse, que
toutes les comparaisons de lys se balan-
çant sur leur tige, de palmier se cour-
bant au vent, eussent été insuffisantes
pour peindre cette morbidezza italienne,
seul mot de la langue exprimant à peu

près l'idée de douce langueur qui s'é-
veillait à son aspect. Sa mère était,
comme Juliette, une des plus belles
fleurs du printemps de Vérone, et l'on
retrouvait dans Antonia, non pas fon-
dues, mais heurtées, et c'est ce qui faisait le charme de cette jeune fille, les
beautés des deux races qui se disputent
la palme de la beauté. Ainsi, avec la
finesse de peau des femmes du Nord,
elle avait la matité de peau des femmes
du Midi ; ainsi ses cheveux blonds, épais
et légers à la fois, flottant au moindre
vent, comme une vapeur dorée, ombra-
geaient des yeux et des sourcils de velours noirs. Puis, chose plus singulière

encore, c'était dans sa voix surtout que
le mélange harmonieux des deux lan-
gues était sensible. Aussi, lorsqu'Antonia parlait allemand, la douceur de la
belle langue où, comme dit Dante, résonne le *Si*, venait adoucir la rudesse
de l'accent germanique, tandis qu'au
contraire, quand elle parlait italien, la
langue un peu trop molle de Metastase
et de Goldoni prenait une fermeté que
lui donnait la puissante accentuation de
la langue de Schiller et de Gœthe.

Mais ce n'était pas seulement au phy-
sique que se faisait remarquer cette fu-
sion ; Antonia était au moral un type

merveilleux et rare de ce que peuvent
réunir de poésies opposées, le soleil de
l'Italie et les brumes de l'Allemagne.
On eût dit à la fois une muse et une
fée, la Lorelay de la ballade et la Bea-
trice de la Divine Comédie.

C'est qu'Antonia, l'artiste par excellence, était fille d'une grande artiste. Sa
mère, habituée à la musique italienne,
s'était un jour prise corps à corps avec
la musique allemande. La partition de
l'*Alceste* de Gluck lui était tombée entre
les mains, et elle avait obtenu de son
mari, maître Gottlieb, de lui faire tra-
duire le poème en italien, et, le poème

traduit en italien, elle était venue le chanter à Vienne ; mais elle avait trop présumé de ses forces, ou plutôt l'admirable cantatrice, elle ne connaissait pas la mesure de sa sensibilité : à la troisième représentation de l'opéra qui avait eu le plus grand succès, à l'admirable solo d'*Alceste* :

> Divinités du Styx, ministres de la mort,
> Je n'invoquerai pas votre pitié cruelle.
> J'enlève un tendre époux à son funeste sort,
> Mais je vous abandonne une épouse fidèle.

Quand elle atteignit le *ré*, qu'elle donna à pleine poitrine, elle pâlit, chancela, s'évanouit, un vaisseau s'était brisé dans cette poitrine si généreuse ; le sa-

crifice aux dieux infernaux s'était accompli en réalité : la mère d'Antonia
était morte.

Le pauvre maître Gottlieb dirigeait
l'orchestre ; de son fauteuil, il vit chan-
celer, pâlir, tomber celle qu'il aimait
par-dessus toute chose ; bien plus, il
entendit se briser dans sa poitrine cette
fibre à laquelle tenait sa vie, et il jeta
un cri terrible qui se mêla au dernier
soupir de la virtuose.

De là venait peut-être cette haine de
maître Gottlieb pour les maîtres allemands ; c'était le chevalier Gluck qui,
bien innocemment, avait tué sa Thé-

résa, mais il n'en voulait pas moins au
chevalier Gluck, mal de mort, pour cette
douleur profonde qu'il avait ressentie,
et qui ne s'était calmée qu'au fur et à
mesure qu'il avait reporté sur Antonia
grandissant, tout l'amour qu'il avait
pour sa mère.

Maintenant, à dix-sept ans qu'elle
avait, la jeune fille en était arrivée à
tenir lieu de tout au vieillard; il vivait
par Antonia, il respirait par Antonia.
Jamais l'idée de la mort d'Antonia ne
s'était présentée à son esprit; mais, si
elle se fût présentée, il ne s'en serait pas
fort inquiété, attendu que l'idée ne lui

fut pas même venue qu'il pouvait survivre à Antonia.

Ce n'était donc pas avec un sentiment moins enthousiaste qu'Hoffmann, quoique ce sentiment fût bien autrement pur encore, qu'il avait vu apparaître Antonia sur le seuil de la porte de son cabinet.

La jeune fille s'avança lentement ; deux larmes brillaient à sa paupière : et, faisant trois pas vers Hoffmann, elle lui tendit la main.

Puis, avec un accent de chaste familiarité, et comme si elle eût connu le jeune homme depuis dix ans :

— Bonjour, frère, dit-elle.

Maître Gottlieb, du moment où sa fille
avait paru, était resté muet et immobile ;
son âme comme toujours, avait quitté
son corps et, voltigeant autour d'elle,
chantait aux oreilles d'Antonia, toutes
les mélodies d'amour et de bonheur que
chante l'âme d'un père à la vue de sa
fille bien aimée.

Il avait donc posé son cher *Antonio
Amati* sur la table, et joignant les deux
mains comme il eût fait devant la Vierge,
il regardait venir son enfant.

Quant à Hoffmann, il ne savait s'il

veillait ou dormait, s'il était sur la terre
ou au ciel, si c'était une femme qui venait à lui, ou un ange qui lui apparaissait.

Aussi, fit-il presqu'un pas en arrière
lorsqu'il vit Antonia s'approcher de lui
et lui tendre la main, en l'appelant son
frère.

— Vous, ma sœur! dit-il d'une voix
étouffée.

— Oui, dit Antonia, ce n'est pas le
sang qui fait la famille, c'est l'âme.
Toutes les fleurs sont sœurs par le parfum, tous les artistes sont frères par

l'art. Je ne vous ai jamais vu, c'est vrai, mais je vous connais ; votre archet vient de me raconter votre vie. Vous êtes poëte, un peu fou, pauvre ami. Hélas ! c'est cette étincelle ardente que Dieu enferme dans notre tête ou dans notre poitrine, qui nous brûle le cerveau ou qui nous consume le cœur ; puis se tournant vers maître Gottlieb :

— Bonjour, père, dit-elle, pourquoi n'avez-vous pas encore embrassé votre Antonia ? Ah ! voilà , je comprends , *Il Matrimonio segreto, le Stabat mater, Cimarosa, Pergolese, Porpora,* qu'est-ce qu'Antonia, auprès de ces grands génies ? une pauvre enfant qui vous aime, mais que vous oubliez pour eux.

— Moi t'oublier ! s'écria Gottlieb . le vieux Murr oublier Antonia ! Le père oublier sa fille ! Pourquoi ? pour quelques méchantes notes de musique, pour un assemblage de rondes et de croches, de noires et de blanches , de dièzes et de bémols ! Ah bien oui ! regarde comme je t'oublie.

Et tournant sur sa jambe torse avec une agilité étonnante, de son autre jambe et de ses deux mains , le vieillard fit voler les parties d'orchestration, *del Matrimonio segreto* toutes prêtes à être distribuées aux musiciens de l'orchestre.

— Mon père ! mon père ! dit Antonia.

— Du feu ! du feu ! cria maître Gottlieb, du feu, que je brûle tout cela ; du
feu, que je brûle *Pergolese !* du feu, que
je brûle *Cimarosa !* du feu, que je brûle
Paesiello ! du feu, que je brûle mes *Stradivarius !* mes *Gramuto !* du feu, que je
brûle mon *Antonio Amati !* Ma fille, mon
Antonia n'a-t-elle pas dit que j'aimais
mieux des cordes, du bois et du papier,
que ma chair et mon sang ? Du feu ! du
feu !!! du feu !!!

Et le vieillard s'agitait comme un feu

et sautait sur sa jambe comme le diable
boiteux, faisait aller ses bras comme un
moulin à vent.

Antonia regardait cette folie du vieillard avec ce doux sourire d'orgueil filial
satisfait. Elle savait bien, elle qui n'a-
vait jamais fait de coquetterie qu'avec
son père, elle savait bien qu'elle était
toute-puissante sur le vieillard, que son
cœur était un royaume où elle régnait
en souveraine absolue. Aussi arrêta-
t-elle le vieillard au milieu de ses évo-
lutions, et, l'attirant à elle, déposa-t-elle
un simple baiser sur son front.

Le vieillard jeta un cri de joie, prit sa

fille dans ses bras, l'enleva comme il
eût fait d'un oiseau, et alla s'abattre,
après avoir tourné trois ou quatre fois
sur lui-même sur un grand canapé où
il commença de la bercer comme une
mère fait de son enfant.

D'abord Hoffmann avait regardé maître Gottlieb avec effroi ; en lui voyant
jeter les partitions en l'air, en lui voyant
enlever sa fille entre ses bras, il l'avait
cru fou furieux, enragé. Mais, au sourire
paisible d'Antonia, il s'était prompte-
ment rassuré, et, ramassant respectueu-
sement les partitions éparses, il les re-
plaçait sur les tables et sur les pupitres,

tout en regardant du coin de l'œil ce
groupe étrange, où le vieillard lui-même
avait sa poésie.

Tout-à-coup quelque chose de doux,
de suave, d'aérien, passa dans l'air, c'é-
tait une vapeur, c'était une mélodie, c'é-
tait quelque chose de plus divin encore,
c'était la voix d'Antonia qui attaquait
avec sa fantaisie d'artiste, cette merveilleuse composition de Stradella qui avait
sauvé la vie à son auteur, le *Pieta Signore*.

Aux premières vibrations de cette voix
d'ange, Hoffmann demeura immobile,
tandis que le vieux Gottlieb, soulevant

doucement sa fille de dessus ses genoux,
la déposait, toute couchée comme elle
était, sur le canapé ; puis, courant à son
Antonio Amati, et, accordant l'accompagnement avec les paroles, commença,
de son côté, à faire passer l'harmonie
de son archet sous le chant d'Antonia,
et à le soutenir comme un ange soutient
l'âme qu'il porte au ciel.

La voix d'Antonia était une voix de so-
prano, possédant toute l'étendue que la
prodigalité divine peut donner, non pas
à une voix de femme, mais à une voix
d'ange. Antonia parcourait cinq octaves
et demie ; elle donnait avec la même fa-

cilité le contre-ut, cette note divine qui
semble n'appartenir qu'aux concerts célestes, et l'*ut* de la cinquième octave des
notes basses. Jamais Hoffmann n'avait
entendu rien de si velouté, que ces quatre premières mesures chantées sans accompagnement, *Pieta, Signore, di me do-
lente*. Cette aspiration de l'âme souffrante
vers Dieu, cette prière ardente au Seigneur d'avoir pitié de cette souffrance
qui se lamente, prenaient dans la bouche d'Antonia un sentiment de respect
divin qui ressemblait à la terreur. De
son côté l'accompagnement, qui avait
reçu la phrase flottante entre le ciel et
la terre, qui l'avait, pour ainsi dire, prise

entre ses bras, après le *la* expiré, et qui piano, piano, répétait comme un écho de la plainte, l'accompagnement était en tout digne de la voix lamentable, et douloureux, comme elle. Il disait, lui, non pas en italien, non pas en allemand, non pas en français, mais dans cette langue universelle qu'on appelle la musique :

— *Pitié, Seigneur, pitié de moi, malheureuse ; pitié, Seigneur, et si ma prière arrive à toi, que ta rigueur se désarme et que tes regards se retournent vers moi moins sévères et plus cléments.*

Et cependant tout en suivant, tout en

emboîtant la voix, l'accompagnement
lui laissait toute sa liberté, toute son
étendue ; c'était une caresse et non pas
une étreinte, un soutien et non une gêne;
et quand au premier sforzando, quand,
sur le *re* et les deux *fa*, la voix se souleva
comme pour essayer de monter au ciel,
l'accompagnement parut craindre alors
de lui peser comme une chose terrestre,
et l'abandonna presque aux ailes de la
foi, pour ne la soutenir qu'au *mi*-bécare,
c'est-à-dire au diminuando, c'est-à-dire
quand, lassée de l'effort, la voix retomba
comme affaissée sur elle-même, et pareille à la madone de Canova, à genoux,
assise sur ses genoux, et chez laquelle

tout plie, âme et corps, affaissé, sous ce
doute terrible, que la miséricorde du
Créateur soit assez grande pour oublier
la faute de la créature.

Puis, quand d'une voix tremblante
elle continua : *Qu'il n'arrive jamais que je
sois damnée et précipitée dans le feu éternel
de ta rigueur, ô grand Dieu !* alors l'accompagnement se hasarda à mêler sa voix
à la fois frémissante qui, entrevoyant
les flammes éternelles, priait le Seigneur
de l'en éloigner. Alors l'accompagnement pria de son côté, supplia, gémit,
monta avec elle jusqu'au *fa*, descendit
avec elle jusqu'à l'*ut*, l'accompagnant

dans sa faiblesse, la soutenant dans sa
terreur; puis, tandis qu'haletante et
sans force la voix mourait dans les pro-
fondeurs de la poitrine d'Antonia, l'accompagnement continua seul après la
voix éteinte, comme après l'âme envo-
lée, et déjà sur la route du ciel, conti-
nuent murmurantes et plaintives les
prières des survivants.

Alors, aux supplications du violon de
maître Gottlieb, commença de se mêler
une harmonie inattendue, douce et puissante à la fois, presque céleste. Antonia
se souleva sur son coude, maître Gottlieb se tourna à moitié et demeura l'ar-

chet suspendu sur les cordes de son violon. Hoffmann, d'abord étourdi, enivré, en délire, avait compris qu'aux élancements de cette âme, il fallait un peu d'espoir et qu'elle se briserait si un rayon divin ne lui montrait le ciel, et il s'était élancé vers un orgue, et il avait étendu ses dix doigts sur les touches frémissantes, et l'orgue, poussant un long soupir, venait de se mêler au violon de Gottlieb et à la voix d'Antonia.

Alors ce fut une chose merveilleuse que ce retour du motif *Pieta, Signore*, accompagné par cette voix d'espoir, au lieu d'être poursuivi comme dans la pre-

mière partie par la terreur, et quand,
pleine de foi dans son génie comme
dans sa prière, Antonia attaqua avec
toute la vigueur de sa voix le *fa* du
Volgi, un frisson passa par les veines
du vieux Gottlieb, et un cri s'échappa de
la bouche d'Hoffmann, qui, écrasant
l'Antonio Amati sous les torrents d'harmonie qui s'échappaient de son orgue,
continua la voix d'Antonia après qu'elle
eut expiré, et sur les ailes, non plus
d'un ange, mais d'un ouragan, sembla
porter le dernier soupir de cette âme
au pied du Seigneur tout-puissant et
tout miséricordieux.

Puis il se fit un moment de silence;

tous trois se regardèrent, et leurs mains
se joignirent dans une étreinte frater-
nelle, comme leurs âmes s'étaient jointes
dans une commune harmonie.

Et à partir de ce moment, ce fut non-
seulement Antonia qui appela Hoffmann
son frère, mais le vieux Gottlieb Murr,
qui appela Hoffmann son fils !

IX

Le serment.

Peut-être le lecteur se demandera-t-il, ou plutôt nous demandera-t-il comment, la mère d'Antonia étant morte en chantant, maître Gottlieb Murr permettait que sa fille, c'est-à-dire que cette âme de son âme, courût le risque d'un danger

pareil à celui auquel avait succombé la
mère.

Et d'abord, quand il avait entendu
Antonia essayer son premier chant , le
pauvre père avait tremblé comme la
feuille près de laquelle chante un oiseau.
Mais c'était un véritable oiseau qu'Antonia, et le vieux musicien s'aperçut bientôt que le chant était sa langue naturelle.
Aussi Dieu, en lui donnant une voix si
étendue, qu'elle n'avait peut-être pas
son égale au monde, avait-il indiqué que
sous ce rapport maître Gottlieb n'avait
du moins rien à craindre ; en effet, quand
à ce don naturel du chant s'était jointe

l'étude de la musique, quand les difficultés les plus exagérées du solfége
avaient été mises sous les yeux de la
jeune fille et vaincues aussitôt avec une
merveilleuse facilité, sans grimace, sans
efforts, sans une seule corde au cou,
sans un seul clignottement d'yeux, il
avait compris la perfection de l'instrument, et comme Antonia, en chantant
les morceaux notés pour les voix les plus
hautes, restait toujours en-deçà de ce
qu'elle pouvait faire, il s'était convaincu
qu'il n'y avait aucun danger à laisser
aller le doux rossignol au penchant de sa
mélodieuse vocation.

Seulement maître Gottlieb avait oublié

que la corde de la musique n'est pas la seule qui résonne dans le cœur des jeunes filles, et qu'il y a une autre corde bien autrement frêle, bien autrement vibrante, bien autrement mortelle : celle de l'amour !

Celle-là s'était éveillée chez la pauvre enfant, au son de l'archet d'Hoffmann ; inclinée sur sa broderie dans la chambre à côté de celle où se tenait le jeune homme et le vieillard, elle avait relevé la tête au premier frémissement qui avait passé dans l'air. Elle avait écouté ; puis peu à peu une sensation étrange avait pénétré dans son âme, avait couru

en frissons inconnus dans ses veines.
Elle s'était alors soulevée lentement,
appuyant une main à sa chaise, tandis
que l'autre laissait échapper la broderie
de ses doigts entr'ouverts. Elle était
restée un instant immobile ; puis, lentement, elle s'était avancée vers la porte
et, comme nous l'avons dit, ombre évoquée de la vie matérielle, elle était appa-
rue, poétique vision, à la porte du cabinet de maître Gottlieb Murr.

Nous avons vu comment la musique
avait fondu à son ardent creuset ces trois
âmes en une seule, et comment, à la fin
du concert, Hoffmann était devenu com-
mensal de la maison.

C'était l'heure où le vieux Gottlieb avait l'habitude de se mettre à table. Il invita Hoffmann à dîner avec lui ; invitation qu'Hoffmann accepta avec la même cordialité qu'elle était faite.

Alors, pour quelques instants, la belle et poétique vierge des cantiques divins se transforma en une bonne ménagère. Antonia versa le thé comme Clarisse Harlowe, fit des tartines de beurre comme Charlotte, et finit par se mettre elle-même à table et par manger comme une une simple mortelle.

Les Allemands n'entendent pas la poésie comme nous. Dans nos données de monde maniéré, la femme qui mange et qui boit se dépoétise. Si une jeune et jolie femme se met à table, c'est pour présider le repas; si elle a un verre devant elle, c'est pour y fourrer ses gants, si toutefois elle ne conserve pas ses gants; si elle a une assiette, c'est pour y égrainer à la fin du repas une grappe de raisin, dont l'immatérielle créature consent parfois à sucer les grains les plus dorés, comme fait une abeille d'une fleur.

On comprend, d'après la façon dont Hoffmann avait été reçu chez maître Gottlieb, qu'il y revint le lendemain, le surlendemain et les jours suivants.

Quant à maître Gottlieb, cette fréquence des visites d'Hoffmann ne paraissait aucunement l'inquiéter : Antonia était trop pure, trop chaste, trop confiante dans son père, pour que le soupçon vînt au vieillard que sa fille pût commettre une faute. Sa fille, c'était sainte Cécile, c'était la vierge Marie, c'était un ange des cieux ; l'essence divine l'emportait tellement en elle, sur la matière terrestre, que le vieillard n'avait jamais jugé à propos de lui dire qu'il y avait plus de danger dans le contact de deux corps que dans l'union de deux âmes.

Hoffmann était donc heureux, c'est-à-

dire aussi heureux qu'il est donné à une
créature mortelle de l'être. Le soleil de
la joie n'éclaire jamais entièrement le
cœur de l'homme; il y a toujours, sur
certains points de ce cœur, une tache
sombre qui rappelle à l'homme que le
bonheur complet n'existe pas en ce
monde, mais seulement au ciel.

Mais Hoffmann avait un avantage sur
le commun de l'espèce. Souvent l'homme ne peut pas expliquer la cause de
cette douleur qui passe au milieu de son
bien-être, de cette ombre qui se pro-
jette obscure et noire sur sa rayonnante
félicité.

Hoffmann, lui, savait ce qui le rendait malheureux.

C'était cette promesse faite à Zacharias Werner d'aller le rejoindre à Paris ; c'était ce désir étrange de visiter la France, qui s'effaçait dès qu'Hoffmann se trouvait en présence d'Antonia, mais qui reprenait tout le dessus aussitôt qu'Hoffmann se retrouvait seul ; il y avait même plus : c'est qu'au fur et à mesure que le temps s'écoulait et que les lettres de Zacharias, réclamant la parole de son ami, étaient plus pressantes, Hoffmann s'attristait davantage.

En effet, la présence de la jeune fille

n'était plus suffisante à chasser le fantôme qui poursuivait maintenant Hoffmann jusqu'aux côtés d'Antonia. Souvent, près d'Antonia, Hoffmann tombait
dans une rêverie profonde. A quoi rê-
vait-il ? à Zacharias Werner, dont il lui
semblait entendre la voix ; souvent son
œil, distrait d'abord, finissait par se fixer
sur un point de l'horizon. Que voyait cet
œil ou plutôt que croyait-il voir ? la route
de Paris, puis, à un des tournants de cette
route, Zacharias marchant devant et lui
faisant signe de le suivre.

Peu à peu, le fantôme qui était apparu
à Hoffmann, à des intervalles rares et

inégaux, revint avec plus de régularité
et finit par le poursuivre d'une obsession
continuelle.

Hoffmann aimait Antonia de plus en
plus. Hoffmann sentait qu'Antonia était
nécessaire à sa vie, que c'était le bonheur de son avenir ; mais Hoffmann sentait aussi qu'avant de se lancer dans ce
bonheur, et pour que ce bonheur fût du-
rable, il lui fallait accomplir le pèleri-
nage projeté, ou, sans cela, le désir ren-
fermé dans son cœur, si étrange qu'il
fût, le rongerait.

Un jour, qu'assis près d'Antonia, pendant que maître Gottlieb notait dans son

cabinet le *Stabat* de Pergolèse, qu'il voulait exécuter à la Société philharmoni-
que de Francfort, Hoffmann était tombé
dans une de ces rêveries ordinaires, Antonia, après l'avoir regardé longtemps,
lui prit les deux mains.

—Il faut y aller, mon ami, dit-elle.

Hoffmann la regarda avec étonnement.

— Y aller ? répéta-t-il, et où cela ?

—En France, à Paris.

— Et qui vous a dit, Antonia, cette
secrète pensée de mon cœur, que je
n'ose m'avouer à moi-même ?

—Je pourrais m'attribuer près de
vous le pouvoir d'une fée, Théodore,—
et vous dire : — J'ai lu dans votre pensée, j'ai lu dans vos yeux, j'ai lu dans
votre cœur, mais je mentirais. Non, je
me suis souvenue, voilà tout.

— Et de quoi vous êtes-vous souvenue, ma bien-aimée Antonia ?

—Je me suis souvenue que la veille
du jour où vous êtes venu chez mon
père, Zacharias Werner y était venu et
nous avait raconté votre projet de
voyage, votre désir ardent de voir Paris ;
désir nourri depuis près d'un an, et tout

prêt à s'accomplir. Depuis, vous m'avez
dit ce qui vous avait empêché de partir.
Vous m'avez dit comment, en me voyan
pour la première fois, vous avez été pris
de ce sentiment irrésistible dont j'ai été
prise moi-même en vous écoutant, et
maintenant il vous reste à me dire ceci :
que vous m'aimez toujours autant. Hoffmann fit un mouvement.—Ne vous don-
nez pas la peine de me le dire, je le sais ;
continua Antonia, mais qu'il y a quelque chose de plus puissant que cet amour,
c'est le désir d'aller en France, de rejoindre Zacharias, de voir Paris enfin.

—Antonia ! s'écria Hoffmann, tout est

vrai dans ce que vous venez de dire, hors un point : c'est qu'il y avait quelque chose au monde de plus fort que mon amour! Non, je vous le jure, Antonia, ce désir là, désir étrange auquel je ne comprends rien, je l'eusse enseveli dans mon cœur, si vous ne l'en aviez tiré vous-même. Vous ne vous trompez donc pas, Antonia. Oui, il y a une voix qui m'appelle à Paris, une voix plus forte que ma volonté, et cependant, je vous le répète, à laquelle je n'eusse pas obéi; cette voix est celle de la destinée!

—Soit; accomplissons notre destinée,

mon ami. Vous partirez demain. Combien voulez-vous de temps ?

—Un mois, Antonia ; dans un mois,
je serai de retour.

— Un mois ne vous suffira pas, Théodore, en un mois vous n'aurez rien vu ;
je vous en donne deux ; je vous en donne
trois ; je vous donne le temps que vous
voudrez, enfin, mais j'exige une chose
ou plutôt deux choses de vous.

—Lesquelles, chère Antonia, lesquelles ? dites vite.

—Demain, c'est dimanche ; demain,
c'est jour de messe ; regardez par votre

fenêtre comme vous avez regardé le jour
du départ de Zacharias Werner, et,
comme ce jour-là, mon ami, seulement
plus triste, vous me verrez monter les
degrés de l'église ; alors venez me rejoindre à ma place accoutumée, alors
asseyez-vous près de moi, et, au moment
où le prêtre consacrera le sang de Notre-
Seigneur, vous me ferez deux serments :
— celui de me demeurer fidèle, celui de
ne plus jouer.

— Oh ! tout ce que vous voudrez, à
l'instant même, chère Antonia, je vous
jure.

— Silence , Théodore , vous jurerez demain.

— Antonia , Antonia , vous êtes un ange.

— Au moment de nous séparer, Théodore, n'avez-vous pas quelque chose à dire à mon père ?

— Oui, vous avez raison. Mais, en vérité, je vous avoue, Antonia, que j'hésite que je tremble. Mon Dieu! que suis-je donc, pour oser espérer?...

— Vous êtes l'homme que j'aime, Théodore. Allez trouver mon père, allez.

Et faisant à Hoffmann un signe de la main, elle ouvrit la porte d'une petite chambre transformée par elle en oratoire.

Hoffmann la suivit des yeux jusqu'à ce que la porte fût refermée, et, à travers la porte, il lui envoya, avec tous les baisers de sa bouche, tous les élans de son cœur.

Puis il entra dans le cabinet de maître Gottlieb.

Maître Gottlieb était si bien habitué au pas d'Hoffmann, qu'il ne souleva même pas les yeux de dessus le pupitre où il

copiait le *Stabat*. Le jeune homme entra
et se tint debout derrière lui.

Au bout d'un instant, maître Gottlieb,
n'entendant plus rien, même la respira-
tion du jeune homme, maître Gottlieb
se retourna.

— Ah ! c'est toi, garçon, dit-il en ren-
versant sa tête en arrière pour arriver à
regarder Hoffmann à travers ses lunettes.
Que viens-tu me dire ?

Hoffmann ouvrit la bouche ; mais il la
referma sans avoir articulé un son.

— Es-tu devenu muet ? demanda le

vieillard; peste! ce serait malheureux,
un gaillard qui en découd comme toi
lorsque tu t'y mets, ne peut pas perdre
la parole comme cela,— à moins que ce
ne soit par punition d'en avoir abusé!

— Non, maître Gottlieb, non, je n'ai
point perdu la parole, Dieu merci. Seulement, ce que j'ai à vous dire...

— Eh bien?

— Eh bien !... me semble chose difficile.

— Bah ! est-ce donc chose bien difficile que de dire : maître Gottlieb, j'aime
votre fille.

— Vous savez cela, maître Gottlieb.

— Ah çà mais ! je serais bien fou, ou plutôt bien sot, si je ne m'en étais pas aperçu, de ton amour.

— Et cependant, vous avez permis que je continuasse de l'aimer.

— Pourquoi pas ? puisqu'elle t'aime.

— Mais, maître Gottlieb, vous savez que je n'ai aucune fortune.

— Bah ! les oiseaux du ciel ont-ils une fortune ? Ils chantent, ils s'accouplent, ils bâtissent un nid et Dieu les nourrit. Nous autres, artistes, nous ressemblons

fort aux oiseaux ; nous chantons, et Dieu
vient à notre aide. Quand le chant ne
suffira pas, tu te feras peintre ; quand la
peinture sera insuffisante, tu te feras musicien. Je n'étais pas plus riche que toi ,
quand j'ai épousé ma pauvre Térésa ; eh
bien ! ni le pain, ni l'abri ne nous ont jamais fait faute. J'ai toujours eu besoin
d'argent, et je n'en ai jamais manqué.
Es-tu riche d'amour? voilà tout ce que
je te demande ; mérites-tu le trésor que
tu convoites? voilà tout ce que je désire
savoir. Aimes-tu Antonia, plus que ta
vie, plus que ton âme? alors je suis tranquille, Antonia ne manquera jamais de
rien. Ne l'aimes-tu point? c'est autre

chose ; eusses-tu cent mille livres de
rentes, elle manquera toujours de tout.

Hoffmann était près de s'agenouiller
devant cette adorable philosophie de
l'artiste. Il s'inclina sur la main du veil-
lard, qui l'attira à lui et le pressa contre
son cœur.

— Alons, allons, lui dit-il, c'est convenu ; fais ton voyage , puisque la rage
d'entendre cette horrible musique de
M. Méhul et de M. Dalayrac te tourmente;
c'est une maladie de jeunesse qui sera
vite guérie. Je suis tranquille ; fais ce
voyage, mon ami, et reviens ici, tu y re-
trouveras Mozart, Beethoven, Cimarosa ,

Pergolèse, Paesiello, le Porpora , et , de
plus, maître Gottlieb et sa fille, c'est-a-
dire un père et une femme. Va, mon en
fant, va.

Et maître Gottlieb embrassa de nouveau Hoffmann qui, voyant venir la nuit,
jugea qu'il n'avait pas de temps à perdre, et se retira chez lui pour faire ses
préparatifs de départ.

Le lendemain, dès le matin, Hoffmann
était à sa fenêtre. Au fur et à mesure
que le moment de quitter Antonia approchait, cette séparation lui semblait
de plus en plus impossible. Toute cette

ravissante période de sa vie, qui venait
de s'écouler, ces sept mois qui avaient
passé comme un jour, et qui se repré-
sentaient à sa mémoire, tantôt comme un
vaste horizon qu'il embrassait d'un coup-
d'œil, tantôt comme une série de jours
joyeux, venaient les uns après les autres,
souriants, couronnés de fleurs ; ces doux
chants d'Antonia, qui lui avaient fait un
air tout semé de douces mélodies ; tout
cela était un attrait si puissant, qu'il
luttait presque avec l'inconnu, ce merveilleux enchanteur qui attire à lui les
cœurs les plus forts, les âmes les plus
froides.

A dix heures, Antonia parut au coin de la rue où, à pareille heure, sept mois auparavant, Hoffmann l'avait vue pour la première fois. La bonne Lisbeth la suivait comme de coutume : toutes deux montèrent les degrés de l'église. Arrivée au dernier degré, Antonia se retourna, aperçut Hoffmann, lui fit de la main un signe d'appel et entra dans l'église.

Hoffmann s'élança hors de la maison et y entra après elle.

Antonia était déjà agenouillée et en prière.

Hoffmann était protestant, et ces

chants dans une autre langue lui avaient toujours paru assez ridicules ; mais lorsqu'il entendit Antonia psalmodier ce chant d'église si doux et si large à la fois, il regretta de ne pas en savoir les paroles pour mêler sa voix à la voix d'Antonia, rendue plus suave encore par la profonde mélancolie à laquelle la jeune fille était en proie.

Pendant tout le temps que dura le saint sacrifice, elle chanta de la même voix dont là-haut doivent chanter les anges ; puis enfin quand la sonnette de l'enfant de chœur annonça la consécration de l'hostie, au moment où les fi-

dèles se courbaient devant le Dieu qui,
aux mains du prêtre, s'élevait au-dessus
de leurs têtes, seule Antonia redressa
son front.

— Jurez, dit-elle.

— Je jure, dit Hoffmann d'une voix
tremblante, je jure de renoncer au jeu.

— Est-ce le seul serment que vous
veuillez me faire, mon ami?

— Oh! non, attendez. Je jure de vous
rester fidèle de cœur et d'esprit, de
corps et d'âme.

— Et sur quoi jurez-vous cela?

— Oh ! s'écria Hoffman , au comble de
l'exaltation, sur ce que j'ai de plus cher,
sur ce que j'ai de plus sacré, sur votre
vie !

— Merci, s'écria à son tour Antonia ,
car si vous ne tenez pas votre serment,
je mourrai.

Hoffmann tressaillit, un frisson passa
par tout son corps ; il ne se repentit
pas, seulement il eut peur.

Le prêtre descendait les degrés de
l'autel , emportant le saint-sacrement
dans la sacristie.

I.   19

Au moment où le corps divin de notre Seigneur passait, elle saisit la main d'Hoffmann.

— Vous avez entendu son serment, n'est-ce pas, mon Dieu ? dit Antonia.

Hoffmann voulut parler.

— Plus une parole, plus une seule ; je veux que celles dont se composait votre serment, étant les dernières que j'aurai entendues de vous, bruissent éternellement à mon oreille. Au revoir, mon ami, au revoir.

Et, s'échappant, légère comme une

ombre, la jeune fille laissa un médaillon
dans la main de son amant.

Hoffmann la regarda s'éloigner comme
Orphée dut regarder Euridice fugitive ;
puis lorsqu'Antonia eut disparu, il ouvrit le médaillon.

Le médaillon renfermait le portrait
d'Antonia, tout resplendissant de jeunesse et de beauté.

eux heures après, Hoffmann prenait
se place dans la même diligence que
Zacharias Werner, en répétant :

— Sois tranquille, Antonia, oh! non, je ne jouerai pas, oh! oui, je te serai fidèle.

X

Une barrière de Paris en 1793.

Le voyage du jeune homme fut assez triste dans cette France qu'il avait tant désirée. — Ce n'était pas qu'en se rapprochant du centre, il éprouvât autant de difficultés qu'il en avait rencontré pour se rendre aux frontières ; — non, la République française faisait meilleur accueil aux arrivants qu'aux partants.

Toutefois, on n'était admis au bonheur
de savourer cette précieuse forme de
gouvernement, qu'après avoir accompli
un certain nombre de formalités passablement rigoureuses.

Ce fut le temps où les Français surent
le moins écrire, — mais ce fut le temps
où ils écrivirent le plus. — Il paraissait
donc, à tous les fonctionnaires de fraîche
date, convenable d'abandonner leurs
occupations domestiques ou plastiques,
pour signer des passeports, composer
des signalements, donner des visas,
accorder des recommandations et faire,

en un mot, tout ce qui concerne l'état de
patriote.

Jamais la paperasserie n'eut autant de
développement qu'à cette époque. Cette
maladie endémique de l'administration
française, se greffant sur le terrorisme,
produisit les plus beaux échantillons de
calligraphie grotesque dont on eût ouï
parler jusqu'à ce jour.

Hoffmann avait sa feuille de **route**
d'une exiguité remarquable. C'était le
temps des exiguités : journaux, livres,
publications de colportage, tout se ré-
duisait au simple in-octavo pour les
plus grandes mesures. La feuille de route

du voyageur, disons-nous, fut envahie dès l'Alsace par des signatures de fonctionnaires, qui ne ressemblaient pas mal à des zigzags d'ivrognes qui toisent diagonalement les rues en battant l'une et l'autre muraille.

Force fut donc à Hoffmann de joindre une feuille à son passeport, puis une autre en Lorraine, où surtout les écritures prirent des proportions colossales. Là où le patriotisme était le plus chaud, les écrivains étaient plus naïfs. Il y eut un maire qui employa deux feuillets, recto et verso, pour donner à Hoffmann un autographe ainsi conçu :

« Auphemanne, chune Allemans, hami de la libreté, se rendan à Pari ha pié..

« Signé, GOLIER. »

Muni de ce parfait document sur sa patrie, son âge, ses principes, sa destination et ses moyens de transports, Hoffmann ne s'occupa plus que du soin de coudre ensemble tous ces lambeaux civiques, et nous devons dire qu'en arrivant à Paris il possédait un assez joli volume, que, disait-il, il ferait relier en ferblanc, si jamais il tentait un nouveau voyage, parce que, forcé d'avoir toujours ces feuilles à la main, elles risquaient trop dans un simple carton.

Partout on lui répétait :

— Mon cher voyageur, la province est encore habitable, mais Paris est bien remué. Défiez-vous, citoyen, il y a une police bien pointilleuse à Paris, et, en votre qualité d'Allemand, vous pourriez n'être pas traité en bon français.

A quoi Hoffmann répondait par un sourire fier, réminiscence de fiertés spartiates quand les espions de Thessalie cherchaient à grossir les forces de Xercès, roi des Perses.

Il arriva devant Paris ; c'était le soir, les barrières étaient fermées.

Hoffmann parlait passablement la langue française, mais on est Allemand ou on ne l'est pas; si on ne l'est pas, on a un accent qui, à la longue, réussit à passer pour l'accent d'une de nos provinces; si on l'est, on passe toujours pour un Allemand.

Il faut expliquer comment se faisait la police aux barrières.

D'abord, elles étaient fermées; ensuite, sept ou huit sectionnaires, gens oisifs et pleins d'intelligence, Lavaters amateurs, rôdaient par escouades, en fumant leurs pipes, autour de deux ou trois agents de la police municipale.

Ces braves gens qui, de députations en députations, avaient fini par hanter toutes les salles de clubs, tous les bureaux de districts, tous les endroits où la politique s'était glissée par le côté actif ou le côté passif, ces gens qui avaient vu à l'Assemblée nationale ou à la Convention chaque député, dans les tribunes tous les aristocrates mâles et femelles, dans les promenades tous les élégants signalés, dans les théâtres toutes les célébrités suspectes, dans les revues tous les officiers, dans les tribunaux tous les accusés plus ou moins libérés d'accusation, dans les prisons tous les prêtres épargnés, ces dignes patriotes

savaient si bien leur Paris, que tout visage de connaissance devait les frapper
au passage, et disons-le, les frappait presque toujours.

Ce n'était pas chose aisée que de se
déguiser alors : trop de richesse dans le
costume appelait l'œil, trop de simpli-
cité appelait le soupçon. Comme la mal-
propreté était un des insignes de civisme
les plus répandus, tout charbonnier,
tout porteur d'eau, tout marmiton pouvait cacher un aristocrate ; et puis la
main blanche aux beaux ongles, comment la dissimuler entièrement ? Cette
démarche aristocratique, qui n'est plus

sensible de nos jours, où les plus humbles portent les plus hauts talons, comment la cacher à vingt paires d'yeux
plus ardents que ceux du limier en
quête ?

Un voyageur était donc, dès son arrivée, fouillé, interrogé, dénudé, quant au
moral, avec une facilité que donnait
l'usage, et une liberté que donnait... la
liberté.

Hoffmann parut devant ce tribunal
vers six heures du soir, le 7 décembre.
Le temps était gris, rude, mêlé de brume
et de verglas ; mais les bonnets d'ours
et de loutre emprisonnant les têtes pa-

triotes, leur laissaient assez de sang
chaud à la cervelle et aux oreilles, pour
qu'ils possédassent toute leur présence
d'esprit et leurs précieuses facultés in-
vestigatrices.

Hoffmann fut arrêté par une main qui
se posa doucement sur sa poitrine.

Le jeune voyageur était vêtu d'un habit gris de fer, d'une grosse redingote,
et ses bottes allemandes lui dessinaient
une jambe assez coquette, car il n'avait
pas rencontré de boue depuis la dernière étape, et le carrosse ne pouvant
plus marcher à cause du grésil, Hoffmann avait fait six lieues à pied, sur une

route légèrement saupoudrée de neige durcie.

— Où vas-tu comme cela, citoyen, avec tes belles bottes? dit un agent au jeune homme.

— Je vais à Paris, citoyen.

— Tu n'es pas dégoûté, jeune Prusssss-sien, répliqua le sectionnaire, en prononçant cette épithète de Prussien avec une prodigalité d's qui fit accourir dix curieux autour du voyageur.

Les Prussiens n'étaient pas à ce moment de moins grands ennemis pour la

France que les Philistins pour les com-
patriotes de Samson, l'Israélite.

— Eh bien! oui, je suis Pruzien, répondit Hoffmann, en changeant les cinq
s du sectionnaire en un *z*, après?

— Alors, si tu es Prussien, tu es bien
en même temps un petit espion de Pitt
et Cobourg. Hein?

—Lisez mes passeports, répondit Hoffmann, en exhibant son volume à l'un
des lettrés de la barrière.

— Viens, répliqua celui-ci, en tournant les talons pour emmener l'étranger
au corps-de-garde.

Hoffmann suivit ce guide avec une tranquillité parfaite.

Quand, à la lueur des chandelles fumeuses, les patriotes virent ce jeune homme nerveux, l'œil ferme, les cheveux mal ordonnés, hachant son français avec le plus de conscience possible, l'un d'eux s'écria :

— Il ne se niera pas aristocrate, celui-là, a-t-il des mains et des pieds !

— Vous êtes *un* bête, citoyen, répondit Hoffmann ; je suis patriote autant que vous, et de plus, je suis *une* artiste.

En disant ces mots, il tira de sa poche

une de ces pipes effrayantes, dont un
plongeur de l'Allemagne peut seul trouver le fond.

Cette pipe fit un effet prodigieux sur
les sectionnaires qui savouraient leur
tabac dans leurs petits réceptacles.

Tous se mirent à contempler le petit
jeune homme qui entassait dans cette
pipe, avec une habileté, fruit d'un grand
usage, la provision de tabac d'une semaine.

Il s'assit ensuite, alluma le tabac mé-
thodiquement jusqu'à ce que le fourneau
présentât une large croûte de feu à sa

surface, puis il aspira à temps égaux des nuages de fumée qui sortirent gracieusement en colonnes bleuâtres de son nez et de ses lèvres.

— Il fume bien, dit un des sectionnaires.

— Et il paraît que c'est un fameux, dit un autre ; vois donc ses certificats.

— Qu'es-tu venu faire à Paris ? demanda un troisième.

— Etudier la science de la liberté, répliqua Hoffmann.

— Et quoi encore ? ajouta le Français

peu ému de l'héroïsme d'une telle phrase, probablement à cause de sa grande habitude.

— Et la peinture, ajouta Hoffmann.

— Ah! tu es peintre, comme le citoyen David?

— Absolument.

— Tu sais faire les patriotes romains tous nus comme lui?

— Je les fais tout habillés, dit Hoffmann.

— C'est moins beau.

— C'est se[...]

[...]

[...]is-moi donc mon portrait, dit le

[...]ectionnaire avec admiration.

— Volontiers.

Hoffmann prit un tison au poêle, en éteignit à peine l'extrémité rutilante, et, sur le mur blanchi à la chaux, il dessina un des plus laids visages qui eussent jamais déshonoré la capitale du monde civilisé.

Le bonnet à poil et la queue de renard, la bouche baveuse, les favoris épais, la courte pipe, le menton fuyant, furent imités avec un si rare bonheur de vérité dans sa charge, que tout le corps de garde demanda au jeune homme la faveur d'être *portraituré* par lui.

Hoffmann s'exécuta de bonne grâce et croqua sur le mur une série de patriotes aussi bien réussis, mais moins nobles assurément, que les bourgeois de la Ronde nocturne de Rembrandt.

Les patriotes une fois en belle humeur, il ne fut plus question de soupçons, l'Allemand fut naturalisé Parisien; on lui offrit la bière d'honneur, et lui, en garçon bien pensant, il offrit à ses hôtes du vin de Bourgogne, que ces Messieurs acceptèrent de grand cœur.

Ce fut alors que l'un d'eux, plus rusé que les autres, prit son nez épais dans le crochet de son index, et dit à Hoffmann en clignant l'œil gauche.

— Avoue-nous une chose, citoyen allemand.

— Laquelle? notre ami.

— Avoue-nous le but de ta mission.

— Je te l'ai dit : la politique et la peinture.

— Non, non, autre chose.

— Je t'assure, citoyen.

— Tu comprends bien que nous ne t'accusons pas ; tu nous plais, et nous te protégerons ; mais voici deux délégués du club des Cordeliers, deux des Jacobins ; moi, je suis des Frères et Amis ; choisis parmi nous celui de ces clubs auquel tu feras ton hommage.

— Quel hommage? dit Hoffmann, surpris.

— Oh! ne t'en cache pas, c'est si beau, que tu devrais t'en pavaner partout.

— Vrai, citoyen, tu me fais rougir, explique-toi.

— Regarde et juge si je sais deviner,
dit le patriote.

Et ouvrant le livre des passeports, il
montra de son doigt gras sur une page,
sous la rubrique Strasbourg, les lignes
suivantes :

— Hoffman, voyageur, venant de Manheim, a pris à Strasbourg une caisse éti-
quetée ainsi qu'il suit : **O. B.**

— C'est vrai, dit Hoffmann.

— Eh bien ! que contient cette caisse?

— J'ai fait ma déclaration à l'octroi de
Strasbourg.

— Regardez, citoyens, ce que ce petit sournois apporte ici.... Vous souvenez-vous de l'envoi de nos patriotes d'Auxerre ?

— Oui, dit l'un d'eux, une caisse de lard.

— Pourquoi faire ?

— Pour graisser la guillotine, s'écria un chœur de voix satisfaites.

— Eh bien! dit Hoffmann un peu pâle, quel rapport cette caisse que j'apporte peut-elle avoir avec l'envoi des patriotes d'Auxerre ?

— Lis, dit le Parisien en lui montrant son passeport; lis, jeune homme;

« Voyageant pour la politique et pour l'art. » C'est écrit !

— O République! murmura Hoffmann.

— Avoue donc, jeune ami de la liberté, lui dit son protecteur.

— Ce serait me vanter d'une idée, que je n'ai pas eue, répliqua Hoffmann. Je n'aime pas la fausse gloire; non, la caisse que j'ai prise à Strasbourg et qui m'arrivera par le roulage, ne contient qu'un violon, une boîte à couleurs et quelques toiles roulées.

Ces mots diminuèrent beaucoup l'estime que certains avaient conçue d'Hoffmann. On lui rendit ses papiers, on fit raison à ses rasades, mais on cessa de le regarder comme un sauveur des peuples esclaves.

L'un des patriotes ajouta même.

— Il ressemble à Saint-Just, mais j'aime mieux Saint-Just.

Hoffman, replongé dans sa rêverie qu'échauffaient le poêle, le tabac et le vin de Bourgogne, demeura quelque temps silencieux. Mais soudain, relevant la tête :

— On guillottine donc beaucoup ici ? dit-il.

— Pas mal, pas mal ; cela a baissé un

peu depuis les Brissotins, mais c'est encore satisfaisant.

— Savez-vous où je trouverais un bon
gîte? mes amis.

— Partout.

— Mais pour tout voir.

— Ah! alors loge-toi du côté du quai
aux Fleurs.

— Bien.

— Sais-tu où cela se trouve, le quai
aux Fleurs?

— Non, mais ce mot de fleurs me
plaît. Je m'y vois déjà installé, au quai
aux Fleurs. Par où y va-t-on?

— Tu vas descendre tout droit la rue d'Enfer, et tu arriveras au quai.

— Quai, c'est-à-dire que l'on touche à l'eau ! dit Hoffmann.

— Tout juste.

— Et l'eau, c'est la Seine ?

— C'est la Seine.

— Le quai aux Fleurs borde la Seine, alors ?

— Tu connais Paris mieux que moi, citoyen allemand.

— Merci. Adieu ; puis-je passer ?

— Tu n'as plus qu'une petite formalité
à accomplir.

— Dis.

— Tu passeras chez le commissaire de
police, et tu te feras délivrer un permis
de séjour.

— Très bien ! Adieu.

— Attends encore. Avec ce permis du
commissaire, tu iras à la police.

— Ah ! ah !

— Et tu donneras l'adresse de ton logement.

— Soit ! c'est fini ?

— Non, tu te présenteras à la sec-
tion.

— Pourquoi faire ?

— Pour justifier tes moyens d'existence.

— Je ferai tout cela, et ce sera tout ?

— Pas encore, il faudra faire des dons patriotiques.

— Volontiers.

— Et ton serment de haine aux tyrans français et étrangers.

— De tout mon cœur. Merci de ces précieux renseignements.

— Et puis, tu n'oublieras pas d'écrire lisiblement tes nom et prénoms sur une pancarte à ta porte.

— Cela sera fait.

— Va-t-en, citoyen, tu nous gênes.

Les bouteilles étaient vides.

— Adieu, citoyens, grand merci de votre politesse.

Et Hoffmann partit, toujours en société de sa pipe plus allumée que jamais.

Voici comment il fit son entrée dans la capitale de la France républicaine.

Ce mot charmant, — quai aux Fleu, — l'avait affriandé. Hoffmann se figurait déjà une petite chambre, dont le balcon donnait sur ce merveilleux quai aux Fleurs.

Il oubliait décembre et les vents de bise
il oubliait la neige et cette mort passa-
gère de toute la nature. Les fleurs venaient éclore dans son imagination sous
la fumée de ses lèvres; il ne voyait plus
que les jasmins et la rose malgré les
cloaques du faubourg.

Il arriva, neuf heures sonnant, au quai
aux Fleurs, lequel était parfaitement
sombre et désert, ainsi que le sont les
quais du nord en hiver. Toutefois cette
solitude était ce soir plus noire et plus
sensible qu'autre part.

Hoffmann avait trop faim, il avait trop
froid pour philosopher en chemin; mais
pas d'hôtellerie sur ce quai.

Levant les yeux, il aperçut enfin au coin du quai et de la rue de la Barillerie une grosse lanterne rouge dans les vitres de laquelle tremblait un lumignon crasseux.

Ce fanal pendait et se balançait au bout d'une potence de fer, fort propre, en ces temps d'émeute, à suspendre un ennemi politique.

Hoffman ne vit que ces mots écrits en lettres vertes sur le verre rouge : — Logis à pied. — Chambres et cabinets meublés.

Il heurta vivement à la porte d'une allée ; la porte s'ouvrit : le voyageur entra en tâtonnant.

Une voix rude lui cria :

— Fermez votre porte. Et un gros chien, aboyant, sembla lui dire :

— Gare à vos jambes.

Prix fait avec une hôtesse assez avenante, chambre choisie, Hoffman se trouva possesseur de quinze pieds de long sur huit de large, formant ensemble une chambre à coucher et un cabinet, moyennant trente sols par jour, payables chaque matin, au lever.

Hoffman était si joyeux, qu'il paya quinze jours d'avance de peur qu'on ne vînt lui contester la possession de ce logement précieux.

Cela fait, il se coucha dans un lit assez humide ; mais tout lit est lit pour un voyageur de dix-huit ans.

Et puis, comment se montrer difficile quand on a le bonheur de loger quai aux Fleurs ?

Hoffmann invoqua d'ailleurs le souvenir d'Antonia, et le Paradis n'est-il pas toujours là où l'on invoque les anges ?

FIN DU PREMIER VOLUME.

TABLE

Impr. de E. Dépée, Sceaux.